ZUI
Zestful Unique Ideal

最世文化
Shanghai ZUI co.,Ltd

把孤单岁月分享

主编 郭敬明

10th anniversary
《最小说》创刊十周年
☆书系☆

湖南文艺出版社
HUNAN LITERATURE AND ART PUBLISHING HOUSE
博集天卷
CS-BOOKY

人生有很多很多难过的事情。
其中让人最无法承受的，就是父母在我们所看不见的地方，在我们忽略了的日与夜里，他们一秒一秒，随着时间嘀嘀嗒嗒地衰老了下去。

郭敬明

落落

总以为对方是微澜的死水，可今天，他显然是要被彻底地搅动起来了。

然后他们走了，留下袁季一个人在地上挣扎着。那个时候，他觉得耳朵边上突然间一片澄明的寂然，整个世界变得前所未有的苍白和安静。所以宁愿一个人。

笛安

还是会想 我为什么来到这个世界上 将来要去哪里
还是会想 到底会不会出现一个彼此相爱的人 觉得 应该会

安东尼

想等世界真的接纳你的良言，可这世界就是冷屁
股，你不贴它，它也高傲地另寻玩伴。
所以宁愿一个人。
消失宾妮

序

一千零一页

文 / 郭敬明

在眨眼的瞬间，时间就能摆动出浩瀚的涟漪，而十年，只是裙摆上浅浅的一道褶皱，褶皱里承载着，一代人单薄而又孤单的青春光景。

《最小说》创刊十年了。

那时候的年轻人，比现在寂寞多了。没有纷纷扰扰的社交软件，没有放不下的智能手机。只有压得喘不过气来的模拟考卷和厚厚的参考习题。而那时，每个月薄薄的一本杂志，就成了很多年轻人灰色天空里的一抹亮色。

我和当初共同创立杂志的伙伴们，从二十出头的年轻人成长到了如今的而立之年。这意味着，当初最早的一批读者，也从十几岁的少年，离开学校进入社会，开始品尝人生百味。很多人开始谈恋爱、结婚、生子，也有人依然孤单地生活着。无数人在时间的浪潮中起伏跌宕，无数人的“十年”装订成一本厚厚的年鉴。

那时候的我们，每个月都为选择什么样的故事，用什么封面，有什么有趣的选题而绞尽脑汁。年少的心气在成长里渐渐泯灭，回首沿路十年的心境和路径，我们欢欣鼓舞，我们饱含热泪。

我们留下了浩如烟海的文字。

随着年龄增长，我越发感受到文字的力量。时间在流逝，记忆会模糊，人们相聚又分离，谁也无法确切知道未来会是怎样的光景。只有文字确实地留存着，白纸黑字，忠实地记录着此时的我们已经无从确认的属于遥远时光的情绪和思考。

而再次阅读这些文字的我们，仿佛拥有了某种保存时间的能力。

从2006年至2016年，最世文化走过十年岁月，签约上百位作家，出版上千本图书，在《最小说》发表的文章难以计数，它们当中的许多篇章，都在曾经的岁月里，打动着每个月几十万个读者。我们选择在十周年纪念之期，推出十周年文集，收录历年部分《最小说》千元大赏、大奖、金赏和ZUI作家作品，以及签约作家的代表作、优秀作品，集成五本，作为《最小说》十年来的精华，供读者们收藏回顾。

这将是一次前往旧时的闪亮旅程，跟随那些灵光乍现的文字，我们将看到已经一去不再回来的青春岁月。离我们已经很远的考试、同桌、宿舍、初恋、孤单……所有时间的碎痕，给养起我们的生命。

我想，在无所不容的时间面前，我们的感情同样有着相似的力量，人与人之间撞击出的能量，汇聚成文字，一个个不起眼的小字，连接组合到一起，便拥有了凝固时间的魔法。时间、文字与情感，这三者的集合，便是浩瀚所能代表的一切无尽。

感谢你，陪我们度过的一千零一页。

目录

CONTENTS

把 孤 单 岁 月 分 享

把孤单岁月分享

郭敬明

郭敬明

中国畅销小说家，导演，编剧。

上海最世文化发展有限公司董事长，《最小说》杂志主编，《文艺风象》《文艺风赏》杂志出品人，“80 后”作家群的代表人物，青春文学市场领军人物。

已出版作品：《幻城》《夏至未至》《悲伤逆流成河》《小时代》系列、《爵迹：雾雪零尘》《爵迹：永生之海》

导演作品：《小时代 1》《小时代 2：青木时代》《小时代 3：刺金时代》《小时代 4：灵魂尽头》《爵迹》

一

最近搬了新家。

比起上一次的搬家，这次仿佛轻松了很多。一方面助理帮了很多的忙，另一方面发现自己的心态渐渐轻松了起来。

说起来，应该是因为上一次搬家，是自己在上海的第一个家的缘故，才会那么地兴奋和紧张。对于很多的人而言，能够在陌生的城市，特别是上海这样的地方，有一套自己的房子，有一个自己的家，是一件特别不容易的事情。

对我来说，也很不容易。

来上海的这七八年，我在很多地方都住过。

刚来上海的时候，住在朋友的朋友家里。住了两天，我觉得特别不好意思，就出来了。那个时候是来上海参加比赛，第三天住进了大赛主办方推荐的招待所，好像不到50块钱一个晚上。这即使是在那个时候，也算是便宜的。

后来念书，进了大学，住学校的宿舍。

学校宿舍还算干净和先进，有独立的卫生间和淋浴房，四个人一间也不算挤。稍微有点抱怨的是没有空调。不过听说我们毕业之后，学校的宿舍已经开始有空调了。那个时候整天无所事事，打游戏、看DVD、看小说，虚度时光。

后来有段时间觉得学校每天晚上断电太麻烦，于是搬了出去，和学校的几个好朋友一起住。租的房子里没有床，于是我买了张很便宜的床垫，放在墙的角落，就当作是床了。地面不干净，所以被单经常都会弄脏。睡觉的时候，腿碰着墙壁，会感觉到上海气候里潮湿的涂料，一种黏糊糊的不舒服。

再后来，我出书了，开始有了收入，而且和自己的朋友们阿亮痕痕等一起开起了工作室。那个时候我们混住在一起。现在想来，真是一段让人无限回忆的日子。那段日子在我的作品里，每一期的《岛》里，都写过很多。我就不再重复了。

后来，到 2006 年，我成立了现在的公司，然后呢，我拥有了自己的第一套房子。

我第一天躺在那套房子的大床上，激动得怎么也睡不着。

我后来翻身起来，给妈妈打了个电话。妈妈在那边和我一起高兴，电话里听着，她比我还要激动，还要开心。到后来，妈妈的声音有一点哽咽。

二

这几天睡得特别少。

连续和一拨人谈项目合作。下午五点和晚上八点之间有一个休息的空隙，所以，我没有吃饭，趁这个时候好好睡一觉，免得晚上的时候思路不清晰，和别人乱聊。

后来也忘记了，是连续了几天这样。结束了之后又正好遇上杂志截稿，又是一个通宵。

睡下之后，不知道过了多久，接到妈妈的电话。

电话里妈妈的声音听起来有点伤心。

我问妈妈，妈妈你怎么了？

妈妈告诉我，她去拔了智齿。妈妈的咬合骨骼不是特别能张得开，所以医生拔得特别费力。妈妈在电话里像一个小孩子一样对我抱怨，说嘴角都撕裂了，医生又敲又打的，特别痛。回家都痛哭了。

我握着电话一个劲儿地说她怎么不到上海来呢，上海的医疗技术肯定比老家要好啊，不要为了节约机票钱而自己受苦嘛。

其实我想说的是，就算同样要痛，就算全国的医疗科技已经发展到了没多大的差别，我还是希望，妈妈你在受苦的时候，我在你的身边。

人生有很多很多难过的事情。

其中让人最无法承受的，就是父母在我们所看不见的地方，在我们忽略了的日与夜里，他们一秒一秒，随着时间嘀嘀嗒嗒地衰老了下去。

然后无数个嘀嗒声过去之后，他们就平静而无声地离开我们。

留给我们一个永恒的，被眼泪淋湿的送行的雨天。

神无之海

落落

落落

上海最世文化发展有限公司签约作者

目前为止，人生最喜悦的事，排在第一位的还是“写完了很喜欢的一个故事”

已出版作品：《年华是无效信》《那些生命中温暖而美好的事情》《尘埃星球》《须臾》《不朽》《千秋》《万象》《剩者为王 Ⅰ》《剩者为王 Ⅱ》《有生之年》

一

忠一郎下午就来了。一双巨大的套靴杵在我门前。曾被京子形容成“不如说那才是忠一郎本人”的白色渔民靴，质量远比想象中沉重。记得我第一次尝试的时候，连路也走不顺当，趔趄地跑下一条台阶。可忠一郎在这靴子上扎了根，到哪儿都要穿着这双套靴走。于是他灰色的鱼鳞般的眼睛，总是皴裂的皮肤，还有那满身的海腥味儿，便似乎全是由这双套靴提供着养分。

忠一郎是替我拿信来的。拐棍在我胳肢窝里留下的破皮还没有好，我便更少出门，从白天到黑夜窝在家。因而隔三岔五的，忠一郎提一盒新鲜的鳗鱼饭来，拿县剧场的宣传海报来，改天又说江之岛上有祭祀活动，“你想去的话，我开公司的货车送你去”。可我没同意，只要京子的消息一日不到，我就必须把自己关在这暗无天日的房间里，像每个在结局来临前的小说主角一样，看内心的惶恐像海洋一样拍打着房间的四壁。

“好像，依然都是些广告什么的。”忠一郎把信交到我手里，比起他的声音，反倒是他的手指像带着愧疚一般，卑微地在纸面上张皇地摸了摸。

“是吧。”我仍不死心，把那些房屋中介或新品试用会的宣传单从正面看到反面，就怕错过一点微小的信息。

“伤口现在感觉怎么样？”借着我停顿的空隙，忠一郎插进声音问。

“就是痒，别的已经没什么了。”

“好，那我先告辞了。你好好照看自己。”

“会的。谢谢。今天也麻烦你了。”

套靴用一个咵叽声，作为忠一郎今天与我会面的结束。我关了房门，停在窗前，默默地注视着，一旦走到建筑外，被神奈川的海风瞬间吹乱了白发的忠一郎，身形也顿时显得佝偻和软弱起来，真的，仿佛只是那双巨大的套靴指挥着他走。

阴天的时候，海洋的声音是呜咽，直到海鸥划出了其中温柔的节奏。

二

我想想。我认识京子是在葡萄酒厂的招待会上。虽然有部长作为靶心，几乎不用担心应酬的重责落在我肩上，但未曾料想的是葡萄酒的美味，倒叫我偷偷喝了好几杯。因而完全是在酒精的借力之下，等我回过神来，居然已经和身边这个漂亮的女生聊起了相当私人的话题。

“美美小姐——”她已经用名而非姓称呼起我，“喜欢什么类型的异性？”

“我嘛……”用三根手指举起酒杯，白葡萄酒倾斜出一面金色的镜子，照出虚晃的人影来，“那个就不错。”

“哪个哪个？”京子伸长脖子，“哦？咦？啊——他呀……”

“怎么了吗？”她的口气里带有丰富的剧情，使我原先随意的闲聊反而集中起注意。

“我们公司的风云人物呵——美美小姐眼光也很准哦。”她用两副漂亮的假睫毛对我笑着。

京子，京子现在在做什么呢？她打探到了吗？替我找到了吗？堵住他了吗？告诉他我此刻的模样了吗？京子会怎么说呢，“美美现在非常可怜，但她不怪你。”

我什么时候会说出这么下作的羞于见人的话来？

可我那天终究是，眼睛几乎肿到流不出泪的地步，手里的酒盏被人夺走就再夺回来，清酒洒得到处都是，可即便只剩几滴，我也要把它们尽职地倒进喉咙去。

“我看起来是不是特别可怜，特别糟糕，特别像那种被抛弃后又无能为力的傻女人？但我竟然还是舍不得怪他啊。都到这个地步了，你说说，我还舍不得怪他。我啊，一想到他的脸——这么说好了，他哪怕是条恶狗，我都乐意把自己剁碎了，助他一次饱腹，怎么会，你说我怎么会——”我抓过身边的拐杖，开始用所有力气，拼命地敲着桌面，仿佛上面游着一条食走我神智的毒蛇。

那天最后是忠一郎把我背回家的。因为在我的衣服上，沾满了他的海腥味。生辣而刺鼻，我应该是一边嫌恶着吧，拼命扭动着头想要避开，却沾得更多。

“那就这样，先这样吧。我把热水放这里了。”忠一郎在临走前“咵叽咵叽”地说——也是因为那双套靴吧。

三

从我家，沿着海岸线，开车不到二十分钟，就是渔港码头。每天早上，五点以前，所有的船带着刚捕获的货物回来了。当地市场上的工人们，以帽子上的红色或黄色作为区分，表示等级的不同。等级高的第一批挑选，等级低的随后。

忠一郎戴的是等级低的黄色帽子。

有一天京子问我：“你猜忠一郎先生几岁。”

由此我想起他的帽子来，“五十，有吗？”

“五十九了。”

“咦？真的？快比我父亲还大了。”

“嗯。”

“那他还——”我斟酌着措辞，没有继续往下说。

忠一郎坚持不让我用先生称呼他，是在我们认识后不到两个月的时间。而经我观察，似乎鱼市中的其他人也没有因为那个五十九岁而过分尊敬他，叫他忠一郎的不少。

“这样好吗？”我问京子。

“就跟着叫呗。他嘛……”和以往一样，似乎知道这里每个人的秘密般，京子又把话题收在一个“且听下回分解”上。

四

石膏还要两个星期才能拆，所幸远在海那边的父母轻易接受了我“电脑视频故障”的借口，如果只是越洋电话，他们顶多从我的语气里发觉一些无力，尚不至于一口气推断出我这两个月过得如何风雨飘零。

“给你寄的东西收到了吗？”

“还没。”怕他们担心，我又跟一句，“不过很快吧，不是明天就是后天的事。”我故作轻松，“之前说要的辣椒酱和豆瓣酱都有？”

“还说呢，你爸爸一口气给你买了八罐辣椒酱，八罐豆瓣酱，我就说要把你的舌头吃烂嘛。”

听见了敲门声。

等我挂断电话，门口站着忠一郎，他见到我，从地上抱起纸箱，“美美小姐，你的。”

“豆瓣酱，忠一郎你拿一罐走吧？”我隔着厨房窗户朝他喊。

他接过玻璃瓶，有些踌躇地念起标签上的汉字，“这个，怎么吃？”

“随便吃，涂在包子上，或者拌饭都行。另外我就不给你辣椒酱了，你们日本人吃辣都不行。”

“不会，不会，我吃辣很厉害。”

“得了吧，不要小看中国的辣椒。”我说着，一边拧开罐头盖子，随手用勺子挖了一块，“不信你尝尝。”

忠一郎垂着手，似乎眼睛里在最初有一丝跃跃欲试，但最后他摇起头，“算了，还是……谢谢。算了……我还是……”

“忠一郎，你早就不行了吧。你什么都不行。还偷偷摸摸买一本黄色漫画，你看那玩意儿有用吗，要不是被我发现——”

是初春时的周末夜晚。我和京子一起坐在居酒屋里。身边有类似的骚动，对于我们来说早就不陌生了。尤其是这种工作结束的男人，要他们不为所欲为地发泄一下是全然不可能的。而我当时还沉浸在一场毁灭性的恋爱中却全然不自知，成天扯着京子描述对方如何体贴如何温暖。

充其量只是瞥了一眼，也是我第一次见到忠一郎。他坐在饭桌的角落，却像是躲在那里。颧骨很高，把脸上的某一个区块拉出了总是不安的神色，头发花白，从坐姿来看忠一郎并不矮小，可奇异地让人觉得矮小，好像有面玻璃，将他经过了折射，因此第一面中的忠一郎，就是这样，忐忑着，想要否决什么却只是单纯地动着嘴唇。

“忠一郎进过监狱。”于当日后京子告诉我时，我多少还是吃了一惊。

“什么？犯了什么？”

“经济上。你别看他这样，以前还是个开公司的，也是个老板呢。但没想到生意一下糟了，公司倒闭也欠了一屁股债，最后因为这个那个的进去待了两年。现在流落到这里。”京子一边端详着自己新做的指甲，一边漫不经心地对我说。

“老婆呢？孩子呢？有没有？”

“老婆应该是早就离了，有没有孩子不清楚，似乎是有的，但从来没露过面，没来看过他，所以——你明白的。”京子对我耸耸肩。

“挺可怜呀。”

“其实也很正常。听说他以前可凶狠呢。对下属也挺抠门的，拿东西砸人，诸如此类，总之不是个好上司。公司倒闭的时候，还有人专门给他送花表示祝贺。啧啧。”

“……”我却沉默下来。

是怎么和忠一郎认识的呢?

公司要举办宴席，鉴于我们所在的地区，海鲜料理是必不可少的。于是我被派去鱼市挑选食材，那个时候负责接待的就是忠一郎。

他从办公桌前站起来，戴上放在手边的黄色帽子，一路小跑着朝我赶来。迎面就是一个鞠躬。我看见他的白色头发纷纷扬下，把一片贫瘠的窘迫完整地对我示意着。

“陈美美小姐？您好，请在这里先换上专用的套鞋，我将负责带领您进入市场。”他一边对我介绍，回头才发觉预备的套鞋已经全部分发完毕，立刻有些不知所措，“或者您等一会儿……”

“没事，我的鞋子不怕脏，就这样去吧。”

“也……行……好吧。真不好意思。”他又频频向我道歉。

五

在这个国家，我生活了居然有七年。

从最开始的大学生，到随后一年时间的犹豫反复，最后决定留下。其中数度的孤苦自然是毫不陌生的。如果作为观光客看来，这是个四季都有景色可看、人与人之间彼此相处客气礼貌的地方，那终究只是短短一个礼拜内最表层的见闻吧。

实习第一个月，科长就用皮鞋狠狠地踹过女同事的膝盖，在我眼里一如妖魔般的疯狂，可当他面对客户的时候，我总是很吃惊他们可以把腰放在那么没有价值的地位上。

应当说，虽然生活了七年，却始终不能好好地理解这个地方，这里的人。

也正因此，才会在面对爱情的时候，变得尤其混乱吧。

对方是京子的同事。坂元先生，是随时都像被香槟色的镜子照耀着的人。二十九岁，单身未婚。东京都出生和东大毕业。一系列华丽的资本就注定会引来许多马蹄在上面竞相摔倒。

就好比，我虽然以为自己一定能够抓稳手里的缰绳，却比谁都摔得惨烈。

用“摔”字并非比喻，而是自己确确实实从三楼台阶上一直翻滚着掉了下去。那短短几秒内我在想什么呢？我在感觉着痛吗，在晕眩吗，那些美好时光变成碎片后格外血淋淋地割破我的身体和意志吗？

我却突然想到了出国前的那个晚上，母亲将方便面塞进一条棉被的每个罅隙里。那是她经过我长时间的说服，决定放弃一些华而不实的巧克力或牛肉干，换上实惠和便利的真正有用的东西。趁着我在一边帮手，她再度开口，“你要好好照顾自己啊。”“我会好好照顾自己的。”我回答她。“你能做到吗？”“我能啊。”

“他说的一切全是谎言。同时还交往着另外两个女生——这种事……我真的……怎么能做到的？他能有那么多时间吗？他是用电脑排着时间表吗？……我真的无法相信啊。要我怎么相信？”被送上救护车的时候，我抓着京子的手，还是如同所有除了哭闹再无法作为的女生一样，最后蜷缩在她的胸前，“我对不起我妈妈。我对不起我妈妈。”

说着“要去东京找坂元谈个清楚”，京子一个星期后便离开了神奈川。两地之间距离很近，乘坐东海道本线也许不用两个小时，但于我来说却是怎样也跨不出的一步。从医院离开的时候，不得已拄着拐杖，那天是忠一郎来接的。

只是在购买食材的时候认识，但对于一个人口数量并不算太多的城镇来说，对于我这样一个异乡人来说，偶尔的相识也往往显得弥足珍贵。于是忠一郎成了继京子之后，我在神奈川的第二个“朋友”。年长的朋友。

或许最初是抱着简单“可以买到新鲜鱼材”这样不单纯的想法吧，毕竟忠一郎实在无法像其他人一样，他不会说笑话，看来总是闭塞，为人又非常自省——换言之即节俭，所以也从没有以他发出的邀约而成行的聚会。

可我多少感觉到，忠一郎并不排斥和我的交流，大概是。我想起最初无意中目睹他和同事们在居酒屋里的情形，他们毫不介意地拿他开玩笑，说忠一郎看再多成人漫画也没用了。至少，有时候我们在鱼市附近的餐厅里吃一顿饭，我只需要滔滔不绝地告诉他，我的母亲对我有多好，我的父亲对我有多好，每年春节回家我能过得有多滋润，我家乡的那座城市怎么样，我住的马路叫什么。

“人民路。”我用汉语发音告诉他。

“人民路——”一定是不标准的，但忠一郎念得兴致勃勃。他高兴的时候，颧骨像刚被烘焙完成的面食，开始一点点不由自主地塌陷，他就在这种柔软中变得更可怜了一点。

“忠一郎你之前开的是什么公司？”

“啊？……哦，是物流的。我开了个物流公司。”

“送货的？”

“对，给两个公司之间，发配货物。”

他所说的内容我并不感兴趣，只用筷子一个劲儿地捣着碗里的小块豆腐，几乎快把它整个碾成水了。那个瞬间，我忽然唐突地对他说：“我不喜欢这里。”

“这个店吗？其实算是物廉价——”

“不，我不是说这个店。忠一郎，你知道吗，我是为了学绘画来到日本的。但你看我现在做的是什么工作呢？我进不了一流的艺术学院，也没有办法去好的设计所工作。我不喜欢这里。”

“美美小姐你太多虑了。其实你还是挺好的。”

“跟你比起来我当然算是挺好的。”完全是不假思索地，我对他说。

六

忠一郎工作的地方在鱼市，作息与常人不同，每天凌晨出海，然后下午开始休息。

市场里在早晨摆满了刚刚捕获的金枪鱼。

我第一次见的时候，非常吃惊。没有料到金枪鱼的体积原来有那么庞大。而它们统统被切下脑袋后，又插回到鱼鳃的地方。有血腥感，而那些看来肥胖的甚至更像是猪牛而不像鱼的东西，转眼间就会送到全国最昂贵的饭店里。

忠一郎在人群中。如果除却我偶尔和他一起吃饭的时候，他都在做什么呢？

我盯着他的脸，其实不算困难，可以虚拟出七年，也许八年前忠一郎的样子，他将和我记忆中凶狠的课长重叠起大部分。他也可以把眉毛吊得老高，显出不容置疑的样子。可现在，几乎不用许久，他就摔在了底层。谁也可以取笑他的，谁也不用太多关注他。他把自己塞进那双巨大的渔民靴的时候，就准备好让它带着自己走了吧。

说到这里，我突然想起来，大约两个月前，我所租住的小楼也曾经轰动过一阵。

原因很简单，一个长期独住在此的已逾九旬的老人，不知过了多少天呢，也许是三天，也许是一个礼拜，也许更久，总之她被人发现独自死在家中。

警车和救护车把我家楼下的空地满满当当地填满时，我感觉到了从未有过的体验。

不是谋杀，也不是自杀，完全自然死亡的老人，尸体是包裹上蓝色的布被送出的。或许确实是时间太久了吧，压根儿连腐臭味也没有。老人干干净净地走了。

却总也掩盖不了，那个犹如黑洞一般，在我心上凿出的，几近荒芜的恐惧感。

“老人被运走第二天，我的窗户上停了一只苍蝇。”遇见京子时，我告诉她，“你也知道，我们这里的环境还算干净，几乎不可能有苍蝇什么的。因此，我在第一时间内的想法是——”

“是蛆……”京子满脸嫌恶地瞪大了眼睛。

“嗯……跟你说的类似，但又不彻底一样，我觉得老人是寄托在这些虫子身上。确实，有些恐怖，可仔细想想，她只是不想那样悄无声息地就离世了吧。”

“不过这种事，在我们这里不罕见。”

“嗯。我知道，已经到了连新闻都未必会报道的地步了。”

“大家都变得越来越孤独。”

七

刚过九点，忠一郎来敲我的房门。

因为知道我原先曾经在邻县的富士花鸟园里打工，忠一郎希望我能为他带路。公司的车正忙，而他自己的车没有先进到安装 GPS。

“是有什么事吗？”我看他的颧骨上一阵灰一阵白地交替，脚下更是躁动不安的，胶鞋底摩擦着水泥台。

“有个……朋友……嗯……”他为难地措辞，“总之我需要马上赶过去。”

“好吧……”我架起拐棍，“让我稍作收拾。”

“谢谢，太谢谢了。麻烦你真不好意思。”

栽培了数千株海棠花，并且也养育着以猫头鹰为主要品种的花鸟园，在大学期间，我曾经在那里短暂地工作过。花朵四季不败，游客常来常往，这是和其他类似快餐店或游戏房里打工时，大相径庭的体验。但知道忠一郎也会来这里，甚至他一路上显出忧心忡忡的表情——忧心忡忡，或者更准确地说是寝食难安的样子，多少出乎我的意料。总以为对方是微澜的死水，可今天，他显然是要被彻底地搅动起来了。

忠一郎在我的指点下，找到了工作人员区域。他走向一个二十出头的男生。在对方把结局都揭露在脸上的时刻，我转开脸，一瘸一拐地躲到户外。

虽然不过离开才几年，却已经有些想不起花朵们的名字了啊。

当年闲来无事，加上听信“谗”言，每天对着花朵聊天，以为倘若这样，没准真能开出一片特别有情感，从而异常美丽的花朵来。

由花搭成的长廊，从四面八方冒出斑斓的叶瓣。

忠一郎脸色苍白地在中间拖着步子。他那双格格不入的白色雨靴，还是带着永远洗不掉的腥味，似乎也是他本人最浓的一笔了，越往上，那些鲜明的记号，就要在他五官中间彻底消失掉。

“真的太感谢你了。”忠一郎抢先对我说，“我们可以回去了。”

“哦。”我茫然地点头。

“那是你的孩子吗？”我把手架在汽车窗框上，一边是山一边是海的路。

“嗯？”忠一郎沉默下来。

“是吧？”我却决心不依不饶地继续自己的探听。

“可以这么说吗……”他仿佛自言自语。

“怎么了？”

“我当年的副手啊，四十九岁，公司要倒闭前查出脑袋里长了东西，最后不到三个月就走了。他希望我照顾一下独子啊。其实我能做什么呢？我也做不了什么吧。我给不了什么钱——给不了什么钱的话，难道用其他‘温暖的话语’去照顾对方吗？这未免太厚颜了。”

“也是呢……”

“这次突然听说他要从大学退学——其实已经退学很久了，但无论他或是他母亲都没有将消息告诉给我，这实在说明，他们原本也不指望我什么吧。什么‘临终托孤’之类的词语，我当然是无法和诸葛亮相提并论的人啊。”

“退学了？”

“嗯……问了，只说有了更好的前进方向，到底是什么，也不肯跟我说。不过确实啊……”忠一郎把身体弓在方向盘上，“我这个样子，能做什么呢。”

“忠一郎有自己的孩子吗？”

“……有。虽然有啊……”

“嗯……我知道。”

“刚才我接到了京子的电话。”

“什么？哦？京子小姐？”

“嗯。”我把头又往车窗上探出去一点，风快要让我自己的声音溃散了，“她从东京打来了。”

“是哦……”

八

“坂元说他为你的流产感到抱歉，让我带30万日元给你。”

“……”

“美美……”

“我先挂了……回头再说。”

我扶着自己的身体，拖过花坛边的一张塑料凳子坐下来。觉得好像一次无尽的崩塌，只等紧随其后的海啸了。与此同时，是心跳声史无前例地在我耳膜中间敲击起来，而它每拨动一次，就带来我神经中一次重建的痛觉。

——我要照顾好自己啊。

——我要照顾好自己。

但我怎么才能照顾好自己呢？我在这里没有根，神奈川的海一层两层三层，到第三层我便触不到底了。我在这里认识寥寥的朋友，对抗无垠的孤寂。一次恋爱也可能带来万劫不复，变成金属器具钳进我的身体。

九

“忠一郎每天几点出海？”

“其实是在半夜。”

“听起来不错。”

“没有的事。又累又危险。”

“会遇到非常危险的事吗？差点丧命那种？”

“我虽然还没有亲自碰到过——那些危险的体力活原本也轮不到我

来做，不过上礼拜，还有人被钩子挂破手臂，伤口非常长。”

“哦。”风吹得全身发抖起来，我退回到驾驶室里，“什么时候，我也能去就好了。”

“你连靴子都穿不习惯，怎么能上船呢。”

“忠一郎，我今年二十五了。”

“是吗？”

“我从十八岁离开家，到现在，就这样，二十五岁了。”我的妈妈也老去了七年，我的爸爸也老去了七年。我已经逐渐脱离了过去的地方，可至今却无法融入，无法好好地，像把自己交给那双沉重的渔靴一般。我想找个随便什么地方的男友，正常地幸福地恋爱，不想考虑太多太遥远的事情，只要，坐一坐湘南的电车，看夏季的烟火，江之岛新开的水族馆听起来不错。我想结交几个年龄相当，可以聊梦想的朋友——并不是说京子小姐不好，而是……我太贪心了吗？从一开始。

“我公司倒闭也是七年前。七年前……”忠一郎手握着方向盘，每到路面稍微不平的地方，他便被动地跳跃着身体，“差了五千万，我想办法筹了四百万，可债主们不到十分钟还是把所有的东西都搬空了。”

“你想过自杀吗？”

“什么？”

“日本人挺流行的不是吗？倒闭了，就自杀了。”

“……想过吗？想过吧。但最后还是害怕得放弃了啊。”

“跑到神奈川来了。”

“呵呵。”

“怎么会跑到神奈川来呢？”

十

从东京出发，选择东海道本线，普通列车不出两个小时，就能看到海。

黄色与绿色相间的电车，被绿色与蓝色的海再度一分为二。于是感觉肩膀上又轻松了一些。

我走上站台。

海岸线弯曲不见尽头，当时正值初春，因而海滩上也鲜有游客。

虽然比起其他县市，依然离东京不远，可这里依然是别一番的景象了。被海和天包围，坐落在山中。这里也有许许多多的便利超市，我可以在罗森买新鲜的面包，在全家买鱼丸。高中生们背着书包，把一整本杂志翻完。再远一些的地方，是著名的温泉乡，常有情侣或一家人前来游玩，换上旅馆准备的浴衣和木屐后，啪嗒啪嗒地走来。

前不久重新开馆的江之岛水族馆，有引人入胜的水母馆。

想在那里面，漂浮起来，被融化，做随波逐流的无忧无虑的人。

我在电话里对父母说：“没什么，我挺好的。给你们看——”我把电脑屏幕转向窗外，“这就是神奈川的海，哎呀，是因为太阳反光。嗯，嗯，这里比东京好多了，舒服多了。人也少，电车也没有那么拥挤。别担心，我找到一家便宜的超市，晚上八点以后去，打折很厉害。没什么，很正常的。我会照顾好自己。”

十一

我在收拾行李的时候，忠一郎从他的驾驶室里探出半张胆怯的脸。

“哎——”直到我冲他拼命挥手了，他才跳下驾驶室。

“东西不少吗？”

“嗯，先分批寄回去。”

“真的要走了啊……”

“嗯。”

“不回来了吗？”

“不回来了。”

“没想到你这么不喜欢这里啊。”

“不，我挺喜欢的。”

“是吗。”

“是的。”

京子去了东京后居然就不打算回来了。不过我原本也谈不上吃惊，她是那种每次都要把头发收拾得漂漂亮亮，上下睫毛一起戴，指甲彩绘变化多端的人。她去东京应该不会被吞噬掉。

那这样一来，忠一郎就只剩他一个了。

“你是吗？”

“也不尽然……”

“有时间还是可以和同事一块去吃吃饭什么的吧？只要别把他们的玩笑当真就好了。不过，倘若被说得太过分了，还是应该偶尔发发脾气。你啊，中国人有句话叫‘柿子专挑软的捏’，你就别做‘软柿子’了行吗？”

“美美小姐，看起来年纪轻轻的，却是非常有头脑啊……”

“是你太……”我突然有些说不下去。

在这之前，江之岛上举行了新的祭祀活动，我和京子，搭着忠一郎的便车来到了目的地。他看起来兴致非常高，抢着要给我们买烤鱿鱼吃，没一会儿又送来可乐。而当我走在人群里，被四周幸福的一家人包围着，才多少明白，原来忠一郎是在享受着当父亲的感觉。他有两个女儿，虽然妻子不在，可已经能够感觉到幸福这种东西了。他每天早上随船出海——事实上，最近因为身体的关系次数日渐减少，始终戴不上象征更高级别的红色帽子，但黄色的他也认为无伤大雅，可以凑合。

“你记得第一次穿我靴子时的样子吗？”

“嗯……”为了追逐负心男友离开的脚步，崴了高跟鞋的我，让忠一郎脱下他的渔靴临时借用。我就穿着小开衫、短裙，和一双巨大又不便的橡胶靴，朝着车站趔趄地跑。

“那个时候我就想，如果看着的是我女儿的背影，我会心痛到一个怎样的地步呢？”

“是……女儿吗？”

“嗯，有一个女儿，但是已经完全没有联系了。不知道她在哪里，还活着吗，在做什么，结婚了没。”

“你女儿难不成还长得与我挺相似吧？”

“倒也不是……不过……”忠一郎脸上那块脆弱的颧骨再度如同在暗夜中亮起的灯光一般，把他瞳孔中的灰色照亮着，“你要走了，一路顺风。”

“嗯。谢谢。”

“忠一郎，要活下去啊。”

“呵，谢谢美美。我努力看看。”

“照顾好自己。”

“你要照顾好自己。”

“以后用不用我给你寄点豆瓣酱？”

“啊……那东西，味道太厉害，吃不太惯。”

“呵，我就说。你还要辣椒酱呢，更吃不惯。”

十二

我始终想跟着忠一郎出一次海。

在我的幻想中，那应该是和海明威笔下的一般壮阔而精彩。神奈川的海，一旦进入台风季节，也会变成无法预料的猛兽。可忠一郎毕竟没有那么强劲的腕力，无法将我们引向安全的归途吧。

他还是更适合，好好地坐在办公桌后面，等待市场开门的时刻，挤在人群后层，走过一条条肥壮异常的活鱼。他的声音不比其他人高，气势也相对软弱，因而总是挑不到最好的那批产品。可是，他会想，这又如何呢，就让自己在底层继续均匀地波澜不惊地过。

圆寂

笛安

笛安

上海最世文化发展有限公司签约作者

我写的故事都是假的，但我知道你会相信

已出版作品：《西决》《东霓》《南音》《妩媚航班》《告别天堂》《芙蓉如面柳如眉》

《南方有令秧》

在北方，有一座古老的城市，名字叫作龙城。可以说，很多很多年前，中国历史上最绚丽、最浪漫、最张扬的一个朝代的传奇就从这座城市开始。但是如今，绝大多数的龙城人都不知道这回事了。他们有太多的事情需要关心，比方说，房价为什么会像一个青春期男孩子的身高那样不可思议地疯涨；比方说，他们手里的股票到底该不该抛；比方说，看着龙城宽阔的马路上越来越多的奔驰或者是宝马，埋怨地问老天爷为什么他们也非常辛苦地工作了却不能得到如此丰盛的回报。总而言之，很多的东西都比他们的城市年轻的时候更重要。

当然，总有一些人是例外的。比方说，袁季。袁季用不着操心大多数人关心的大多数问题。因为袁季是一个乞丐，他什么都没有，所以不用担心失去任何东西——也不能这么说吧，袁季还是真心地期盼着市面能繁荣一些的，若是萧条下去了，对他的收入也有影响。想到这的时候袁季就会自我调侃地微笑一下，真是不得了，卑微如自己，也不得不关心……国民经济的走向。袁季并不知道自己算是一个幽默的人，他认为他只不过是对生活有自己的那么一套，而已。

袁季算得上是资深乞丐，已经入行二十多年了。人们对于乞丐，往往有一句充满蔑视的评价："自己有手有脚的，干什么不好。伸着手跟人讨，要脸不要脸？"但是这句话对于袁季来说是没有用的，因为他还真的是没有手，没有脚，连胳膊和腿都没有。他的肩膀下面本来应该长胳膊的地方长着两团小小的肉球，上身下面本来应该连接着大腿的地方长着另外两团小小的肉球。没有人知道这个事情是怎么发生的，除了上苍，总之，它就是发生在袁季身上了。他的身长也就是一个四岁的孩子的高度，因为那只是正常人的一半。他乞讨的时候坐在一把小小的椅子上，可是外人看上去，他像是被塞进这把儿童座椅里面的。这把小椅子有扶手，这对扶手卡着他，真正地帮助他保持了平衡。用外人的眼睛看过去，他长着一张苍老的黝黑的脸庞，以及一个幼儿的身体。这么多年了，袁季对于每个从他眼前经过的人注视他的眼光，早已司空见惯。那些眼神，惊愕的、同情的、怜悯的、厌恶的……若是想要精确统计出来大家第一眼看见袁季时候的眼光的种类，说不定还用得上排列组合的公式。因为，很多人的眼神，云集了很多种不同的情绪。没有办法，袁季对自己苦笑，真的没手没脚的时候，只好不要脸了。

他只记得很多很多年前，有那么一个小姑娘，第一次看见他的时候，惊讶甚至是无限惊喜地问他："你是变形金刚吗？"他肯定地对面前这个笑靥如花的小人儿说："我是。"准确地说，那是十九年前的一个秋天，那天正好是袁季出来乞讨的五周年。时间，对他而言，是一样难以记忆的东西。他总是说不清自己究竟多大，本来嘛，岁数这个东西，年年变，谁记得住。反正他倒是可以不假思索地说出自己的出生年份来，因为每年去领街道的救济金的时候，都会在表格上看见这个年份。真那么想知道自己几岁的话，算一下加法就好了。加法袁季还是会算的，事实上，袁季虽然没有上过一天学，但是母亲活着的时候，用哥哥的课本，教过他念书。母亲自己也并没有上过多少学，但她教得无与伦比地认真。他们似乎是慢吞吞地在不知不觉间念完了小学五年级的课本。然后，母亲就死了。

袁季小的时候，并不是很清楚自己的残疾。他只记得，自己的婴儿期似乎特别长。当他已经拥有十分清晰的记忆的时候，却还是整日坐在一辆褪色的婴儿车里，在自己家门口晒太阳。凝视着自己肩膀以及大腿根部的四个小小的肉团，他觉得它们非常亲切。母亲告诉过他，他的手和脚就在这四个肉团里面，到了一定时间，自己就会长出来的。他的手脚确实是比别的孩子长得慢一点，但是总有一天会长出来。小时候的袁季丝毫不怀疑自己的四肢会在某一个清晨像发芽的植物那样从自己的身体里破土而出，因为他知道非常英勇的三太子哪吒就是从一个肉球里面出来的。只不过，当他回忆起母亲当初那种毋庸置疑的眼神和语气的时候，他觉得母亲不是演技太好，就是真的也和自己一样相信这个。

母亲临死的时候，没力气再说话，只是慢慢地、无限留恋地抚摸着他肩膀下面的两个肉团。那时候他十六岁，他知道这是什么意思。他知道母亲是在告诉他，总有一天他的手脚会长出来的。就算是母亲要去了，从此没有人来陪着他一起等待，他也不能忘记，终究是会长出来的。母亲闭上眼睛的时候，手指还停留在他右肩膀下面的那个肉团上。那个时候他不觉得母亲已经死了，因为她的手指还是暖的。

办完母亲的丧事，哥哥走了，搬到了一个据说是死了老公，带着一个孩子的女裁缝家里。哥哥临走之前说，母亲把这两间胡同里的小小的平房留给了袁季。哥哥还说，要袁季放心，没有人会来跟他抢这两间房子的。他要袁季自己当心，然后就走了。每个月会回来那么一两次，替袁季打扫一下房间，搬一点蜂窝煤，或者修好一些坏掉的东西什么的。只是，他没有给袁季留下过一分钱。每一次临走的时候，都是说一句注意安全什么的。从没有问过袁季吃什么，喝什么，怎么生活，似乎真的把袁季当成了神仙。袁季也从来不跟哥哥提任何要求，不跟他要钱，不说自己是需要人照顾的，每一次见着哥哥，笑笑，哥哥要走的时候，还忘不了跟哥哥说一句，路上慢点。似乎自己把自己当成了神仙。他们兄弟之间恪守着这个默契，谁都不提的事情，就是不存在的。似乎哥哥是这么看待这个问题的：袁季既然活着，那么他就是可以自己活着的，就让他像株植物那样自生自灭地活着没什么不好。

有一些事情，当然是哥哥不知道的。比如，在他离开的第三天早上，袁季自己像个沉重的不倒翁那样从床上栽了下来，然后他一点一点地挪动到了对面的邻居家门前，在这艰难的挪动中艰难地掌握着平衡。跟着俯下头去，用脑袋敲了门，他说："陈奶奶，我饿。"

袁季是在那一天开始乞讨的。每一天早上，胡同里的邻居在上班的时候，顺便把他和他的小椅子一起搬到街口，傍晚下班回家的时候再搬回来。袁季自己就在喧闹的街口度过一个漫长的白天。多年以后，他依然清晰地记得自己第一天上班的情景。从阴暗、狭窄的胡同里的小屋，一下子到这宽阔的马路边上，真有点不适应。总觉得长长的马路明晃晃的，像条反射着无数阳光的河，刺眼得很。袁季于是总低着头，整天整天地低着头，不去看所有印在他身上的目光。有人把硬币或者是一张毛票丢在他面前的铁盒子里的时候，他才抬一下头，跟人家说："谢谢。"他觉得除了谢谢自己似乎还应该说点什么别的话，可是终究什么都没说出口。若是在他抬头说谢谢的时候，人家已经走了，他倒是会松一口气，例行公事一般，对着远去的背影用低得只有自己能听见的声音说一句谢谢，然后，就有一点落寞，他总还是希望人家能听见他的道谢的。他虽然是乞丐，可是他的感激也是真心的。

结束了第一天的工作，袁季觉得脖子很疼。夕阳已经降临了，晃眼的长长的街道有了温暖的颜色，以及表情。袁季的小椅子就在如水的余晖上面漂着。袁季想，回到家里以后，母亲一定可以帮他揉一揉这个因为整天低着头，所以僵硬得要死的脖子。但是他一瞬间想起了什么，于是就嘲笑自己，猪脑子，什么都记不住。来带他回家的邻居的身影已经出现在远远的街道的尽头处。袁季对自己微笑了一下，短短的三天里，十六岁的袁季觉得自己好像苍老了很多岁。

回到家里的时候，袁季又一次用他的头敲了邻居的门，他愉快地用应该是自己的左腿的那个肉团拨弄着铁盒子，弄出了叮叮当当的声响，他说："陈奶奶，这是我交给你的伙食费。"

就这样，过了很多年。熙熙攘攘的街口看熟了，也不再觉得晃眼，反倒有了家的味道。袁季跟大家一样日出而作，日落而息。胡同里的邻居们总是自然而然地像搬一袋面粉一样把袁季和他的小椅子搬到街口，傍晚再搬回来。总是有邻居会给袁季做饭或者洗衣服。后来居委会的人也来了，带来了好多看着让人眼花的表格，说是这些表格都是用来帮他的。他们问袁季，你会不会写字？袁季有点难为情，因为他觉得他应该是会写的，那些字的面孔他都记熟了，可是他没有办法证明他自己会写。街道的人笑了，说："不要紧，我们替你填。"不知不觉地，有一天袁季突然发现，他活下来了。他习惯了像狗和猫那样直接用嘴吃盘子里的饭，习惯了用自己身体的力量在地上挪动着前进，他没有四肢的躯干变得像条蛇那么灵活。他甚至可以自己穿衣服——他一年四季的衣服都是厚薄不同的套头衫，邻居的孩子们都很喜欢看袁季给他们表演穿衣服：袁季就像一只不倒翁那样弯下身子，用嘴和连着肩膀的残肢把衣服罩在脑袋上，然后身子非常奇妙地扭着，扭着，衣服就穿上了。孩子们总会在袁季黝黑老成的脸庞从圆领里露出来的时候一起开心地鼓掌欢呼，袁季也会在这清澈干净的欢呼声中露出满足的笑容。

在自己行乞的第五个年头，袁季第一次见到普云。

那是一个初夏的早晨，阳光明媚。

一个有一双水灵灵的大眼睛的小姑娘惊喜地出现在他面前，问他："你是变形金刚吗？"她应该只有四五岁那么大。难得的，袁季可以不用抬头，就能看着她的脸。那正是那部名叫《变形金刚》的动画片风靡的时候，在每一天的某个特定的时刻，主题曲会在这座城市的每个角落响起。袁季看着她美好娇嫩的脸庞，笑了，用一种非常肯定的语气说：“我是。”

小女孩笑了，露出了两颗尖尖的小虎牙，迟疑地走近他，一不小心，她的小鞋子碰到了袁季放在面前的铁盒子。她仔细地看了看铁盒子里的几枚硬币，然后看着他的眼睛，坚定地说：“你是在卖钱，对吧。”

“卖钱？”袁季愣了一下，顿时明白了她的意思。在她的逻辑里，既然有人卖雪糕，有人卖面人，有人卖苹果，那么如果有一个人支个小摊子卖硬币或者钞票，也不是不可以理解的。于是他说：“算是吧。”

这下小女孩满意了，因为她所有的疑问都有了合理的解释。她伸出小手，轻轻地碰了碰袁季露在汗衫外面的残臂，她说：“这个是什么呀？”

但是她马上找到了答案：“你要用手的时候，你的手就会从这个里面伸出来，对不对？”

袁季摇了摇头，突然间，悲从中来：“我的手从来就没有从这里面伸出来过，我从来就没有见过我的手到底是什么样子的。”

“怎么会呢？”她歪着脑袋，“可能你出了什么故障了，得送去修。”

她柔软的小手轻轻地抚摸着他肩膀下面的肉团，那种微妙的轻柔的感觉让袁季突然间觉得深深地惆怅。他低下头，仔细地打量着她的小手，白皙的，嫩嫩的，五个小小的指甲盖上残留着凤仙花晕染过的暗红色。那是他有生以来第一次如此放心大胆地凝视别人的手，没有人知道他对这样人人都有的东西存着多么巨大的好奇。可是他从来没有对任何人说过：让我好好看看你的手，行吗？他不敢。他从来不敢这么说。他从来就不敢放心大胆地把自己心里的盼望对别人说出来。

“你叫什么名字？”他问小女孩。

“我叫张普云。”小家伙一板一眼地说出自己名字的样子很可爱。

“你家住哪儿？”

“普云巷。”小女孩似乎对关于自己的事情一点兴趣也没有，于是转移了话题，“你的手长成这样，你怎么吃饭呢？”

“像动物那样，直接用嘴。”他说。

“那要是你的后背痒了，你该怎么挠痒痒呢？”普云瞪大了眼睛。

“忍着。”袁季笑了。

“忍着？”普云点了点头，“真了不起。”

“没有办法，很多的事情我都得忍着。”袁季解释着。

“那——”普云脸上突然有点不好意思，她把嘴凑到他的耳朵边，悄声地问：“那你怎么擦屁股？”

“这是我的秘密，不能说。”袁季的样子一本正经。于是普云就自然而然地被唬住了。

就这样，他们算是认识了。

普云的家离袁季行乞的地方并不远。那条普云巷也是类似袁季住的胡同那样，集中了很多的平房的小巷。之所以叫普云巷，是因为那个地方有个龙城非常著名的寺院，普云寺。很古老的庙宇，很旺的香火。不过这些都是袁季后来才知道的。

从那之后，普云常常到袁季这里来玩一会儿，不一定每天都来，但总是隔三岔五。直到有一天，袁季不得不离开了平时行乞的地点。那个时候他遗憾地想，也不知道当普云找不到他的时候，会不会失望。

事情的经过是这样的：那一天，袁季遇上了几个过路的小流氓。他们往袁季的头上吐痰，往他的衣领里扔瓜子皮，然后拿走了袁季铁盒子里所有的硬币。袁季默默地闭上了眼睛，一动不动。他觉得这场煎熬总是会过去的，他们闹够了自然就走了。可是他们临走的时候踢翻了袁季的小椅子，看着袁季像个不倒翁那样在地上挣扎，几乎要打起转来，他们爆发出一阵惊天动地的笑声。

然后他们走了，留下袁季一个人在地上挣扎着。那个时候，他觉得耳朵边上突然间一片澄明的寂然，整个世界变得前所未有的苍白和安静。他的小椅子近在咫尺，但是他一次又一次地坐起来，歪下去，坐起来，再歪下去，就是无法靠近它。小椅子似乎变成了死亡，看似是必然的终点，可是到达的过程真是辛苦并且毫无意义。那是袁季此生第一次问自己，到底为什么要活在这世上。

那一天，是袁季生命中的转折点，因为他遇上了镜通法师。镜通法师带着几个徒弟，碰巧路过此地。看到了一身污垢、满脸擦伤的袁季，徒弟们把他扶起来，让他重新回到小椅子上。镜通法师对他笑了，镜通法师的笑容让他不知所措。镜通法师问袁季，愿不愿意到他们寺院门口来乞讨。庙里人多，若是再有人来欺负袁季的话，总是有个照应。镜通法师说话的时候，眼睛里的平静就像他身上的红色袈裟一样温暖。他让袁季自惭形秽。袁季低头看了看自己，嗫嚅着说："师父，我还是不去了。我，我长得像条虫子一样，我这么脏。"

镜通法师笑了："这世上，谁不脏？"

简简单单，醍醐灌顶的六个字，把什么问题都解决了。然后徒弟们搬着小椅子，把袁季一路抬到了他们的寺庙门口。袁季看到了，原来这里就是很多龙城人嘴里的普云寺。

普云寺的门口，绿树成荫。

从那以后，袁季就整日端坐在普云寺门口的绿荫下面了。每天，他都对每个进出寺庙的和尚说一句："阿弥陀佛。"不知不觉间，当有人往他的铁盒子里放钱的时候，他就不再说"谢谢"，而改成说"阿弥陀佛"。袁季觉得，这两句话，都一样。

很多年后，《龙城晚报》上刊登过一篇文章，讲的就是普云寺门口的"残疾丐帮"。说是普云寺门口的一道固定风景，几个天天在普云寺门口乞讨的残疾人。但是这篇文章没有提到，袁季是这个残疾丐帮的第一人。当然，这是后话。

最初来到普云寺门口乞讨的袁季，是寂寞的。终日只是一个人，闻着庙里飘出的香火的味道，那也是一种寂寞的气味。在这寂寥中，他开始想念普云。他怕自己再也见不到普云了。不过他转念一想，普云既然说过，她的家就在普云巷，那么就是在普云寺附近了。所以说，她现在离他其实非常近；所以说，他一定会碰到她的。这个念头让袁季安心。有了这个念头之后，他就开始了无比漫长的等待。岁月一点也不难熬。他有的是时间，有的是耐心。无论等多久，他相信，她总是会出现的。不管是一周之后，还是一年之后，还是三年五年之后，对于袁季来说，根本就没有差别。

可是袁季没有等到普云，他等来了自己的哥哥。

哥哥到来的那一天，普云寺不知有场什么法事。一天一地诵经的声音，然后，哥哥就来了，踩着一地斑驳的树影。他已经很久很久没有见到哥哥了，自从哥哥知道左邻右舍都在默契地照顾着袁季的时候，他就越来越少在胡同里露面，直到踪迹全无。哥哥站定在袁季面前，蹲下，很久都没说话。袁季也没说话，他本来就是不善言辞的人。

后来，哥哥终于开了口，说：“回头，我给你的小椅子装上四个轮子，这样人家送你来这里方便一点。”

袁季笑了，说：“好。”

然后他们回到了袁季的小屋，哥哥环顾着越来越破旧的四壁，问：“你知道不知道，这条胡同要拆了。”

袁季听说过这么一回事。大家说这条胡同拆掉之后，原来的全体街坊就要搬到一栋离市中心远些的楼房里。按道理，袁季也可以分到一套两居室，五十几个平方。他们会照顾袁季，把他安排在一楼。

袁季点头："听说了。大家都要住楼房，可是就是远一点。"

哥哥说："她怀孕了。"看着袁季迷惑的脸，又补充了一句，"你嫂子。"

袁季说："噢。"

哥哥说："她原本已经有一个孩子了，现在再添上这个，我们那里也不够住。你没去过我们那儿，我们是住在裁缝铺上面，就那么一小间。现在、现在既然分了房子，我、我就是来跟你商量的，咱们还是住到一块去，反正新房子有两间，你一个人也用不着。我们从此也能照顾你，你愿不愿意呢？"

袁季说："行。"

哥哥愣住了。他没想到，原先认为很困难的一件事情居然这么容易就解决了。半晌，他结结巴巴地说："居委会现在每个月能给你多少钱？够用吗？"

"不太够。"袁季有点不好意思，"够用的话，也不用上街去要了。"

哥哥说："反正跟我们住，你不用再去要饭。"

袁季摇头："不，还是照旧。你们只要每天把我送到普云寺门口就行，晚上再接我回来。"

哥哥说："算了吧，你天天在我眼皮子底下进进出出地要饭，你让人家怎么看我。"

袁季说："那你看这样行不行，你们去住新房子，我去住你们的那个裁缝铺。反正我只能算半个人，用不了多大的地方，不过住到裁缝铺去就没有这些街坊了。你们必须得给我做饭，洗衣服，送我去普云寺。怎么样？”

不知道过了多久，他听见哥哥说：“我知道，我对不住你。”

袁季说：“没有，你也不容易。”

就这样，袁季的小椅子下面多了四个轮子，椅子的扶手上也系上了绳子。他的小椅子被改装成了一个雪橇。这是这么多年来，哥哥为袁季做的，唯一一件事情。

袁季住到裁缝铺的阁楼上去了。搬过去的第一晚，一只大老鼠带着四五只小老鼠排着纵队从屋子的一个墙角走到另一个墙角去。跟袁季擦肩而过的时候袁季想：“咱们现在是街坊了。”

其实袁季并不在乎自己住在什么地方。他自己也说不好从什么时候开始，普云寺门口的树荫才是他真正的家。虽然那里没有屋顶，没有墙，没有可以开关的门，可是那里让袁季安心。那里集结着袁季跟这个世界所有的联系：他的营生，他的朋友，他的恩人，他认识的可以跟他闲聊解闷的人，他熟悉的气味，还有他的牵挂，统统聚集在普云寺门口那一小块树荫的下面。

有一天，袁季跟打扫寺庙门口的小和尚闲聊，他装作漫不经心地说起，他见过一个小姑娘，也叫普云，真是巧了。小和尚说，是住在普云巷的那个小姑娘吗？得到肯定的答复以后，小和尚说，她的名字是我们方丈给起的。袁季于是知道了，他的朋友普云是个几年前被扔在普云寺门口的弃婴，镜通方丈于是给她起了这个名字，后来她被住在普云巷的一对夫妻收养了。最后小和尚说："他们好像是搬走了。"袁季心里一惊："搬到哪里去了？"小和尚摇了摇头："我不知道。"

然后，很多年过去了。

这些年里，普云寺的门口慢慢聚集了一些身体有残疾的人。最开始来的是一个算命的瞎子，他是袁季的第一个同事。他非常热情地要帮袁季免费摸骨算命，袁季道着谢拒绝了，因为他觉得自己的命没什么好算的。后来，又来了只有一条腿的人，和脊背弯曲得像骆驼的人。他们和袁季一样，都是乞丐。这下有人陪袁季聊天说话了。其实袁季依然是个少言寡语的人，但是不知道为什么，每一个旁观者都看得出来，他是这群残缺不全的人的中心。他不倒翁一样的身体和沉静的脸庞，就像块磁石一样，让瞎子、瘸腿，和驼背都愉快地和他团结在一起，状如兄弟。

那是1999年的年末。为了迎接一个新千年的到来，那几天，龙城的夜空中总是蒸腾着绚烂的烟花。袁季固然对新千年没有任何的概念，但是他依然是欣喜的，他知道无论如何，这是个喜庆的时候。特别是，有一天中午，一个推着自己的炉子在普云寺门口卖烤红薯的小贩给了袁季一个又大又软、烤得恰到好处的红薯。他说："我没有钱，只能给你这个，要过阳历年了，图个吉利。"这个红薯让他维持了整整一天的好心情。

那天晚上，袁季在普云寺门口待到很晚。瞎子、瘸子、驼背他们都走了，普云寺的门也关了，可是哥哥一直都没有来接袁季。大概是因为年底裁缝铺的生意太忙了，哥哥忘记了。小和尚说：“师父交代过，实在不行你今天晚上就睡寺里。”袁季慌忙地道着谢，说：“我再等等看。”

夜深了，万籁俱寂。袁季觉得很冷。这个时候，清冷的路面上传来了一阵高跟鞋玲珑的声音，一张脸从惨白的路灯下面浮出黑夜的水面。袁季看清了，那是普云。

多少年过去了，袁季不知道。虽然他一眼就认出了她，但是从她那张长大了的脸上，袁季才惊慌地发现，岁月如梭。

她完全地出落成了一个女人。浓妆艳抹，短短的皮裙，长长的靴子。头发染成了麦穗的颜色，松松垮垮地挽在后面。一脸憔悴的气息，但是她的眼睛其实一点都没有变，还是清澈的。突然间，袁季觉得害怕了。他害怕她会像个路人那样走过去，可是他更害怕她把他认出来。

“是你？”普云终于发现了他，她犹疑地眯起眼睛，仔细地打量他，这个简单的表情漾起了她满身的风情，“真没想到会遇上你。”她笑了。

袁季想说，我等了你很多年。可是没有说出口。他只是说：“这么巧。”

普云蹲下来，两手拢着她的皮裙，她的两个美好的膝盖离他这样近。普云说：“这么多年你一直在要饭啊？”

袁季点头。普云也点头：“苦了你了。”她轻轻地说，“我第一次看见你的时候才五岁，现在我已经十七岁了。”

“这么说，是十二年。”袁季不敢相信已经过去了这么久。

“对的。十二年。”普云的脸上风情万种，她说到底不是个寻常女子，就像多年前，她根本不是一个寻常的小姑娘。

“你还记得吗？”袁季说，“你最开始的时候，以为我在卖钱。”

“记得。”普云点头，“你现在还是在卖钱，可是我，我在卖身。”

“大家都不容易。”袁季平淡地微笑。

“跟你说话真好。”普云伸出手，像拍小狗那样拍拍他的脑袋，“我什么都可以说。你什么都见过了，你什么都看得惯。”

“客气了。”袁季有些羞涩，“我最多只能算是半个人。人家都看不惯我。我还有什么是看不惯的。”

普云孩子气地仰望着灰蓝色的夜空，她呼出的长长的白气在寂静的街道上都是漂亮的。普云说：“你不冷吗？我又冷又饿。”接着她就看见了袁季放在铁盒子的盒盖上的烤红薯，她惊喜地说：“你有这么好的东西呀，怎么不早说。”

“你拿去吃，你尽管拿去吃。”袁季不知道自己为什么那么激动跟心急，他甚至有些语无伦次，他说，“可惜了，真糟糕，都冰凉了。”

“我们一起吃好不好？”普云瞪大了眼睛，“我住的地方离这儿很近，你跟我回去，我把它烤热了，我们来分。”然后她甩了甩头，自我解嘲地说，“我真是没救了，我居然和乞丐抢吃的。”

袁季用力地说：“好。”

1999 年年末，凌晨的普云巷不再是白日里那个堆着一排排火柴盒一样的房子的陋巷。它那么光滑、平坦、一望无际，跟没有尽头的天宇相连。普云拉着小椅子的绳子，带着袁季在黑夜的普云巷里欢乐地奔跑。袁季觉得有点害怕，他从来没有试过这么快速地移动。耳边只剩下了四个小轮子吱吱嘎嘎的声响，还有普云靴子的清脆的声音。她一边跑，一边笑。她其实一直都是当年那个五岁的孩子。袁季在这疾速地滑翔中闭上了眼睛。他想，原来天上的鸟的滋味不怎么好受。

普云的家就和袁季的裁缝铺一样狭窄破旧。这间房子跟她那身绚丽的衣服一点都不搭调。她把冰凉的手贴在脸颊上暖暖，嫣然一笑，然后生上了炉子。1999年的龙城，已经没有多少人生蜂窝煤的炉子了。可是这样的炉子有个好处，就是可以烤出非常香的红薯。普云一边生火，一边跟袁季絮叨，就好像袁季是常常来这里作客的。

“好啦。”普云把热好的红薯一分为二，把红彤彤的半截举到袁季嘴边，“趁热吃，多香呀。”

“不，不。”袁季几乎是惊慌失措了，“你先吃你的那半，不用管我。我自己能吃的，我可以。”

“少啰嗦。”普云瞪圆了眼睛，“你连手都没有，你怎么吃？我替你拿着，赶紧吃完，不然我的那半就要凉了。”

袁季只好听她的，狼吞虎咽地开始吃她白皙的手擎着的红薯。耳边，她细声细气地说：“哎呀，又没人跟你抢。等一下，你要把皮也吃到肚子里去了，我替你把皮去掉。你怎么这么笨，你咬了我的手了——”

红薯很烫，很甜。热气蒸腾起来，袁季知道自己在一边吞咽，一边流眼泪。他从来不知道原来除了母亲，世界上还是有人可以这样对待他的。还是有人想得到，没有手没有脚的袁季吃东西的时候需要别人帮一把。原来还是有人知道，袁季自己其实不愿意像猫像狗一样吃东西，袁季也愿意自己能像个人那样，堂堂正正地、尊严地进餐。袁季从来没有跟人说过这个愿望，因为他不愿意给别人添麻烦。可是普云知道，普云怎么会知道呢？他们失散了这么多年，可是普云似乎什么都知道。

普云深深地看着他的眼睛，丢掉了红薯皮，用手指轻轻在他脸上抹了一把。“可怜。”普云叹息着，声音轻得像是耳语，“可怜呀。你只不过是手和脚是残废的，可是其他的地方没有毛病对不对？”

然后普云就笑了，双颊微微的泛红，像是微醉。眼睛里波光潋滟的，嘴唇也鲜红。普云问他：“你从来，就没有尝过做男人的滋味吧？”

袁季愕然地摇头：“不行。我，我没有钱给你。”

“我不要你的钱。”普云笑了，“你是我的老朋友，你还分给我红薯吃，我怎么能跟你要钱呢。”

“你赚的也是辛苦钱。”袁季很坚持。

“好了，少啰唆。”普云似乎特别喜欢说“少啰唆”，她坚定地对他笑着，“听我的，把你的眼睛闭上，剩下的事情，交给我。”

“可是，不行，我身上脏得很。”袁季的脸红了，“我，我一年也洗不了一次澡。我不能弄脏你。我——”

普云忍无可忍地微笑着，说：“你有完没完？我说了，把眼睛闭上。”

于是袁季知道，这是命令。他闭上了眼睛。

窗外的北风不紧不慢地在陋巷里面呼啸着。可是袁季觉得，炉火一路蔓延，不声不响地把他这个人当成了另外一块蜂窝煤。温暖，似曾相识的温暖，就像是他有生以来第一次行乞的那天黄昏的夕阳，水波荡漾得，让微不足道的小椅子和残缺不全的袁季都漂起来了。这种温暖让袁季不自觉地想起遥远的，童年的时光。他小时候，母亲给他讲故事书的时候，最让他兴奋跟激动的，不是每个故事大同小异的情节，而是母亲不紧不慢的那一句：从前呀。这简单的三个字让他汗毛直竖，全身上下都漾着紧紧的，就要破土而出的快乐。从前呀。从前呀。从前呀。从前呀。从头皮，到大腿下面的残肢。有那么一瞬间，袁季觉得，自己的手和脚从那四个肉团里面不管不顾地，莽撞地长了出来。老天爷，从前呀。

他大汗淋漓地睁开了眼睛，普云安静地告诉他："从现在起，你算是真的长大成人了。"

那个夜晚之后，袁季再也没有见过普云。

一晃，又过了一些年。这些年中，普云在龙城销声匿迹，普云巷一如既往地嘈杂和萧条，可是普云寺的香火，倒是越来越旺了。发财的人越来越多，求财的人也就越来越多。普云寺整日车水马龙，小和尚们也总是忙忙碌碌的。所以，这些年，袁季的收入，一直都还不错。当然，不像大家口口相传的"丐帮帮主"那么传奇般的富，但是，能吃饱穿暖了。

普云寺门口的这几个残疾乞丐变成了这个寺庙的风景。这些年里，不是没有一些四肢健全的乞丐看中普云寺这块总是出入善男信女的风水宝地的，但是，一个四肢健全的乞丐，在这里，总也待不长。不用袁季和他的伙伴们自己动手，普云寺周边的一些小店主就不会给他们好脸色，然后普云寺附近的派出所也总是有大盖帽来请这些健康人离开。也不知道为什么，袁季他们算是牢牢地在这里扎下了根。

袁季依然是个少言寡语的人，依然是他的残疾伙伴们的中心。这些年，袁季多少胖了一点，有了肚子，眉宇间渐渐地有股安逸的气息。似乎没有什么事情能激怒他，也没有什么事情能让他大惊小怪。下雨了，他就那么安稳地在雨地里待着，他知道反正天总是会放晴的；有过路的坏孩子往他的衣领里扔苹果核，他照样纹丝不动，当他的伙伴们义愤填膺地咒骂这些丧良心的行为时，袁季会笑笑说："算了，小孩子不懂事。"有人往他生锈了的铁盒子里扔钱的时候，他会怡然自得地抬起头，深深注视着对方的眼睛，说："阿弥陀佛。"他渐渐地变成了普云寺在这个纷乱的俗世里的眼睛。庙门口一家新开的素斋馆的老板娘经常给袁季送点吃的过来，因为这个老板娘觉得，没有四肢，肚子鼓鼓的袁季看上去像是个罗汉，或者金刚。袁季心里窃笑着：对，我是变形金刚。

某个深秋的清晨，打扫院子的小和尚推开大门，跟寺庙门口的袁季说："袁季，我们方丈，就是镜通法师，昨天夜里，圆寂了。"袁季当时愣了一下，因为他不明白这句话的意思。小和尚说："就是说，镜通法师走了，不在了。我们出家人不说死。我们出家人死了的话，我们就说圆寂了。”袁季惊讶地说：“那，不是和我的名字一样吗？”

小和尚摇头，弯下身子，拾起一根木棍在一棵树下面的土地上慢慢地写下了“圆寂”两个字。告诉他，“你看，是这两个字，和你的名字音一样，可是不是一样的字。”袁季的手开始颤抖，舌头也开始不听话了：“真不好意思，我，我读书读得太少，我没有文化。我不知道，我不知道这个说法。我第一次听说。”

是凑巧吗？袁季问自己。袁季。圆寂。一定是碰巧了。镜通法师教了自己那么多的东西，临走的时候，还给他揭开这么个天大的秘密。圆寂。真好，袁季长叹了一声，真好啊。

2008年。鼠年，大年初一。大吉大利。

普云寺在每年的大年初一都热闹得不得了，今年尤甚。因为这个大年初一的普云寺要开法会，为南方雪灾祈福，并且募捐善款给佛祖释迦牟尼重塑金身，功德无量。成捆成捆的高香像年货一样被搬进搬出。庙门口停了很多辆闪闪发光的汽车。也有很多人拖家带口地来进香，男女老幼的脸上都充盈着希冀。当然，挣扎在苦难和困顿中的人，也是有的。他们在佛祖和菩萨面前像个委屈的孩子那样长跪不起，进行着没有外人知道的倾诉。

诵经声响起来了。为了祈求佛祖保佑那些在大雪里挣扎的人，保佑冰天雪地里的中国南方，保佑所有正在忍耐苦痛的一切生命。

只有袁季旁观着这一切。

快到正午的时候，一辆宝马 730 停在寺门前。从上面走下来一个裹着银灰色轻软的裘皮大衣的年轻女人。她神色肃穆，身段却是袅袅婷婷。袁季目送着她走进敞开着的朱红色的大门，目送着她给了负责收善款的小和尚一个大大的红包，然后低下头认真地写下自己的名字，目送着她上了几炷最普通的香，在佛祖面前，深深地，寂寥地磕头。

然后，她走了出来。她停在袁季面前，把一张钞票轻轻地放在袁季的铁盒子里。袁季抬起头，他们在短暂的一秒钟的对视里认出了彼此，也找到了彼此。袁季微笑，他没有像平时一样说"阿弥陀佛"，他说："过年好。"

"过年好。"女人笑笑，上了车，绝尘而去。

宝马 730 里面，张普云的眼泪不知不觉间，流了一脸。八年来，这是她第一次回到她爱死了也恨死了的龙城。八年过去了，现在她有了钱，她有了很多的钱。这钱多到会让八年前那个十七岁的，在深夜里跟一个乞丐分食烤红薯的小妓女尖叫。没人知道为了这些钱她都做过什么。现在的她总是毫无节制地一掷千金，可是就算这样她也没法忘记这些年来深藏在心中的所有屈辱和羞耻。不可能。可是现在，她似乎可以释怀了。她觉得她往后可以试着让自己平静地生活下去。因为，因为她又见到了她的老朋友袁季，因为她的老朋友袁季眼睛里盛着满当当的安详，因为她总算是知道了，那个曾经跟她同甘共苦的老朋友，袁季，现在是幸福的。

遇见

安东尼

安东尼

上海最世文化发展有限公司签约作者

卧室写字 厨房工作 心中有爱 脚下有风

已出版作品：《红——陪安东尼度过漫长岁月Ⅰ》《橙——陪安东尼度过漫长岁月Ⅱ》《黄——陪安东尼度过漫长岁月Ⅲ》《这些 都是你给我的爱》《这些 都是你给我的爱Ⅱ云治》《尔本》

一

我一直相信 该遇到的人 总会遇到的

二

出国十年了 从刚开始在墨尔本的街道上走 觉得恍惚 感觉自己怎么就置身他乡了 看着街上一个个高挑的黄毛 听着外国话 闻着空气里香水的味道 心想这里不是我的家 但是我要好好地过 于是挺胸抬头地走

这十年 一步步走来 没有大起大落 但也有很多事发生了

比如 我从开始的金融专业换成了厨师 学习了酒店管理和室内设计 出了七八本书 去过十多个国家 买了房子 爱过也被几个人爱过 现在 由我的书改编成的电影要搬上大银幕了 电影的名字就叫《陪安东尼度过漫长岁月》

2015 年 8 月回来配合电影宣传 上了很厉害的杂志 出席了一些活动 亲眼见到了一直喜欢的明星还和他们讲了话 后来几乎按照一天一座城市的速度跑书店签售 坐在书店派来接待的面包车里 看着外面的街道 有光

着膀子过马路的民工 明星代言广告的公交站台 样式各异的楼房 还有可能从来不曾离开过这座城市的 忙忙碌碌的人 当时心想 忙完这一阵子就回去 回去墨尔本 过平常的生活

十年来很多事情都变了

三

但仔细想下 又没怎么变

十年前和我一起玩的朋友现在还是在一起玩

萌萌留在大连没有来澳洲 她去了家外资企业管账

欧文一直在阿德莱德做汽车生意 一直说准备好了就来墨尔本 但是一直也没来 其间我们见过好几次 也一起开车出去玩过 经常通电话

那鬼在市场卖包 生意很好 结了婚 也生了个可爱的女儿 他偶尔会打电话跟我说 这周末来我家吃饭吧 小妍熬了汤 等市场关门了 我开车去接你 差不多下午五点到你家

师父在墨尔本买了房子 我帮她选了房型还有屋子里涂料的颜色 她养了猫和狗 偶尔来我家吃火锅 她还是很多话 也帮我出主意

有一年我回家过年 约伍舟和高中同学一起打扑克 结束后伍舟送我的高中同学赵楠回家 结果两个人就好上了 结了婚也生了小孩

我的室友小野 回沈阳以后也找了很好的工作 成了家 他偶尔发消息问我 老大 你怎么样了 什么时候回大连啊 我去看你 他知道我过几天要去沈阳签售 说一定要过来帮我助威

小托后来去学了园艺 他妈妈从墨尔本搬回乡下老家 他姐姐和妹妹结婚的时候都叫我去 觉得亲近 小托也经常和我联系 有的时候他开车带我们去山里转悠 他说 我过去不懂事 伤了你的心 现在后悔了

这几年也认识了新的朋友 Harry Jess 啤特 蝉 文森和琳 经常见面 彼此照应 他们也认识了我之前的朋友

我爸妈退休了 卖了大连的房子 搬去了农村 我的收入都是汇去父母那里的 需要钱的时候再问家里要 但我爸妈还是省吃俭用 我觉得这是个习惯 改不了 我爸有个本子 帮我记录每一笔进出的账

我呢 身高还是 183 厘米 体重总变但也就六十多公斤的样子 还是不喜欢戴首饰 没有文身 写东西还是喜欢蹲在椅子上 最喜欢吃的菜仍然是西红柿炒蛋 谈恋爱会患得患失 做了坏事会自责 看电影会哭 想有肌肉又懒得锻炼 人多的时候还是会害羞 吃饭快吃完就胀肚 喝酒也快 和好朋友一喝就多

还是会想 我为什么来到这个世界上 将来要去哪里

还是会想 到底会不会出现一个彼此相爱的人 觉得 应该会

四

最近回答了很多访问 比如

怎么想到要拍电影的 这部电影你参与了多少

你觉得 刘畅和你有什么相似之处 你为什么不自己来演

怎么看待青春类型的电影 还有畅销书改编成电影这件事

和周迅是怎么合作的 合作当中有什么有趣的事吗

对电影的票房有什么期待

有的时候我愣在那里答不上来

其实 我没有想过要把我的书拍成电影 正如我一开始也没想过出书一样 就是出国后开始写 Blog 写了一阵子 被朋友推荐 在杂志上写了专栏 专栏写了一年多 把内容放在一起 出了书

这次拍电影也是这样

如果只是随便一个有钱人 想借着这本书的畅销 随便把它拍个电影

我是一千个不愿意的 因为我觉得这是我自己的人生 而且我准备一直写下去 不想随意给人糟蹋了 我也不信这本书可以拍成好电影

后来 我们的监制钱小蕙同学在网上看到我的文字 买了书 然后她告诉我说 她很喜欢 准备把它拍成电影 她说 我得过来看看你 要看看你本人和书里的样子像不像 这样我才会有信心 被她这么一说 我一下子觉得亲切起来 没有多久 我们就在墨尔本见面了 谈话当中 她对《陪》如数家珍 我能感觉出来 她的情怀和对这本书的爱 她回去之后就开始着手剧本 她有问过我 是否可以把它改成剧本 我说我不知道怎么下手 也不会写剧本 她说 没事 我找一些合适的人来改编这个剧本 后来她找了一圈 决定自己找几个朋友来做这件事 剧本出来了 她发给我 让我给点意见 我还是觉得不可思议 也没办法像工作一样去审视自己过去的一段生活 关于这部电影 我只想做一个原著 然后迫不及待地去电影院看看 这本书 被一群喜欢它的 又非常专业 出色的人 拍成什么样子 对于我 它是一个礼物 而我并不想参与制作 把它变成商品卖出去

有一次我回家路过香港 去看她 她说我们这部电影也许会有一个很厉害的电影人参与进来 她是个很棒的女演员 我问是谁 她说 zou suen 我说我不认识这个人 她说你一定认识 于是在手机里翻图片给我看 我当时开心得差点喊出来 原来是我最喜欢的周迅 小蕙说 这件事还没确认 你不要和别人说 我说好的好的 离开饭店我就打电话 说 妈 周迅要来拍我的电

影了 后来我和她见了面 我没有很紧张 但害羞得不知道说什么 没想到她也是害羞的样子 像个小孩儿在原地打转 偶尔对我笑一下 说 你知道吗 我也喜欢坐在公交车最后一排左边的位置 后来我们也见过一次 加了微信 这次回国宣传之前 我在微信上和她说 电影要上映这件事 我还是觉得不真实 可能得上映之后我才会感觉到 她回复说 可能也会有不真实感 我到现在 偶尔也会觉得自己怎么会这样了（笑）

我不知道 我们这部电影算不算是一部青春类型的电影 也不清楚 这本书卖得好会对这部电影有多大的帮助 选角的时候 小蕙和周迅见了很多演员 也有人从票房号召力考虑 力荐百万粉丝的当红男鲜肉 周迅觉得感觉不对 和各方角力 小蕙告诉我 一次试镜了一个特别红的男生后 周迅说 我们找这样一个人演《陪》对得起安东尼吗 后来他们选了刘畅 发照片来给我看 我觉得看起来踏实 好看 感觉是个好人 后来定了他 在墨尔本拍摄期间接触下来 觉得他比我还细腻 能吃苦又很用功

电影做出来了 我在光线看了一点样片 看了不到半小时就哭了 不知道要说什么 发消息给小蕙 导演 还有周迅说 我看了一点样片 觉得很棒 谢谢你 后来我们的导演秦小珍 有点像个孩子 别人表扬她的时候她就害羞 不知如何应付 讲到电影 她又变得眉飞色舞 她吃了很多苦 但是从来不喊累 我去探班几次 她手上缠着绷带 我知道她脑子里在处理很多事 动不

动就不吃饭 电影首映调期 我和导演一起吃饭 我说我看了一点我们的电影 我觉得和书的感觉很一致 非常感谢你 她那么坚强的一个人 一下子红了眼圈 要哭了 定了一下 然后笑着说 那就好 那就好

我当然希望这部电影受欢迎 但是对票房却没有任何期望 我只希望它是一部舒服的电影 希望看了我的书 又去看电影的人 也感觉收到了一个礼物

五

我们剧组的人都成了朋友 有天我和刘畅的经纪人 Clay 在上海的街上溜达

他说 安东尼 我不是很懂你 一部关于你本人的电影要上映了 却没感觉你有什么兴奋的样子 好像和你无关似的

他说你知道吗 一部电影出来了 它不像电视剧 不像一本书 可能过一阵子就会被人淡忘了 它会像一颗星星一样 一直在那里

我想 是哦

在光线和他们的领导们吃饭 李总和我说 有一些电影 也许有特别好

的团队 或者特别红的主角 但是大家对它没有爱 那这部电影也不会好 一部电影好像一个小孩 只要大家都真心对它 希望它好 那么它就会好

我点头 是哦

所以我就觉得我们的电影会好 因为我们的所有制作 宣传团队都这么爱它 相信它

2015 年 10 月 16 日 在电影的天空里 会出现一颗星 它叫《陪安东尼度过漫长岁月》

它不是我本身 却会闪耀着似曾相识的光辉 它也不会和你阅读时候感受到的轮廓一模一样 却一定会映出 曾经陪伴过的日子

少年与灵药

痕痕

痕痕

上海最世文化发展有限公司签约作者

使我不安的是卑微，我想要的是欣赏

已出版作品：《痕记》

立夏的时候，气温突然就不一样了，空气变得潮湿和闷热起来。

我在房间里脱掉衣服，躺在床上，少年则在一旁抽烟。少年将烟吸入口中，停留片刻，再缓缓呼出，他的动作很小心，烟灰一点也没有掉落下来。

少年不经常抽烟，烟是别人送的，比如 Seven Stars 是父亲送的，Marlboro 是继父送的。少年将烟收在抽屉里，偶尔才拿出来抽一支，好像只是为了证明什么。

少年的身体消瘦，皮肤白皙，他常常穿一件白色的衬衣，戴棒球帽的时候，很潇洒地单手向后一捋头发。少年斯文、帅气、举止得体，因此很受女生欢迎。

在我刚认识少年的时候，他对我说“我性格孤僻，以后注定一个人生活”，我回答“那么你就是‘天煞孤星’咯”，他听完后沉默，突然笑了，他说：“有病吧，你才‘天煞孤星’呢。”

少年只是伪装成冷酷，他与人保持疏离，注视着什么人的时候，眼神冷淡，看不出任何情绪。后来我知道，少年在童年时期，家庭遭遇变故，他长期寄宿在亲戚家里，从来没有被真正关爱过。亲戚家没人的时候，他就一个人坐在漆黑的楼道里，心里没有牵挂的人，所以反而觉得黑暗的地方，才显得包容和温暖。

我觉得我是理解少年的，我理解少年所说的孤独。

孤独，其实只是内心单纯又脆弱的人的伪装。

少年二十出头的年纪，但是看起来却比实际年龄年轻许多，顶多就是十七岁的模样，所以我称他为少年。少年的皮肤干净、细腻，让女孩子都羡慕。有一次他向我炫耀，可是我心里一沉，我没有告诉他，我曾经在某本书里看到，男生拥有这样的皮肤，并且喉结不突出，其实都是发育时期营养不良的缘故。

是可怜。

我第一次遇到少年，是在公园里。在公园深处一片比较隐蔽的空地上，一个穿着格子衬衫、戴着棒球帽的人，正在训练一只猫头鹰。

是猫头鹰训练师。

少年的工作很特别，实际了解之后发现还很抢手。少年的工作地点总是不停更换，哪里的公园需要训练一只猫头鹰，让猫头鹰参加表演，少年就去哪里。

在认识少年之后，我每天和少年说“早安”，说“晚安”。

无聊时，就给少年发短信。我想象着少年训练猫头鹰时的情景，他是用怎样的语言和猫头鹰沟通的呢？实在难以捉摸。

我和少年的短信往来越来越频繁。

我告诉少年我在做什么，比如，我走在路上、路边有人在放烟花、马路上的车流很多所以过马路要小心。

我告诉少年，我和什么人在一起，又告诉他，其实我觉得很无聊，我只想快点回家。

在与少年的对话中，我觉得有什么温柔的东西在靠近，好像一支雪糕在阳光下不停地融化。

认识少年不久之后，我厌恶与人相处的情绪，又重新萌发起来。

我讨厌与人相处，在人群中我紧闭着双唇，一语不发。

我讨厌人群，讨厌别人说的每一句话、每一个反应。

我知道，在我心里，有一块东西缺失了，那种东西应该是叫“信赖”吧。我不明白人为什么要在背后数落朋友，为什么可以对另一个人撒谎，为什么撒谎的时候还能做出那么自然轻松的表情，一副心安理得的样子。我不明白，为什么人群之中表面相安无事，甚至很快乐，背后却以战胜对方为目标，藐视对方为乐趣，最终疏离对方作为结局。

很多个夜里，我从梦里醒来，我仿佛不停地与人争辩，不停地解释着什么。我分析一件事情的来龙去脉，我对着某个形象模糊的人说，请千万不要再责备我了，请千万不要再误解我了，请千万不要故意伤害我。我在梦里说着这些话，脑袋飞速地运转，最后便醒了过来。

这样的日子又回来了。

很多个夜里，醒来时听到自己沉重又潮湿的呼吸。

在这样的夜里，好想哭。

我伸手在桌子上摸手机，没有找到。踉跄着去翻大衣的口袋，口袋里是空的。我垂着双手站在黑暗的房间中央，终于想起来了，白天穿的是风衣，风衣在哪里？我又慌乱地去寻找。

“是我，你睡着了吗？”我问少年。

“还没有。”少年说。

少年的声音听起来很轻松，好像坐在吹着空调的房间里。少年每天睡得很晚，他说，他有睡眠恐惧症，按时睡觉会让他觉得恐慌。他常常在夜深人静的时候上网、看电影、鼓捣电子产品，或者翻杂志，作息也和猫头鹰有些相似。

“你在做什么呢？”我问。

“刚刚看完一部电影。”

“我醒了，看手机是三点多，就给你打电话了。”我轻声地说。

“怎么醒了，做噩梦了吗？”

“没有，就是醒了。”

“唉，可怜了……”少年的声音很温柔。

“在梦里，一直和人争辩，越说越急，不知不觉就醒了。”

“是不是遇到什么事了？”

“没有，就是觉得无聊，和人相处总是有压力。”我在床上翻了一个身，将身体蜷缩起来，觉得很疲惫。

“那么，是你自己想太多了吧。”少年说。

“不是，就是不愿意和人相处而已。”

“那就不要相处呗。”

我眨着眼睛，思索着少年说话的语气，觉得已经没有聊下去的必要。

沉默了一会儿，我说：“和你说话，原来也没意思呀……”

“哎？怎么说到我的头上来了？”

“我是说，和你在一起也没有意思啊……”

“怎么没意思了？”少年问。

“没有人关心我就对了……”

“你总是这样。”少年说。

我从床上坐起来，伸手拨了拨头发，头发在中段的部分打了结，没办法拨通，靠近头皮和颈背的地方捂着一股闷热的湿气。因为心里烦躁，所以干脆脱光衣服，一动不动地躺下。

“其实我们的性格很像。”少年说。

“怎么很像？”我仔细听少年说话的声音。

“就是不愿意和人相处咯，你是因为这个才觉得有压力的吧。”

“我是觉得没意思，你呢？”

“我也是，身边的人总说些讨厌的话，觉得我没什么出息。”

“人人都是这样。”我说。

“所以我提醒自己要努力，做出成绩让别人看到。”少年说，“不过后来我发现，其实努力也是没用的，我们不能改变别人的想法。”

“所以我不愿意和人相处，在人群中我就觉得失落，可是哪怕我一句话也不说，也要装出一副自得其乐的样子。”我说。

“其实是你太敏感了，大大咧咧一些，就会比较快乐。”少年说，“你可以拍照片、做手工、逛街，女孩子不是都喜欢这些吗？”

“可是我不感兴趣……”

“所以你才会无聊，你的兴趣太少了。”少年下结论道。

“可是，我并不是一个沉闷的人呀，和你说话的时候，不是挺开心吗？”我狡辩。

“不是说你沉闷，只是相对而言，你的兴趣少了一些。”

“我一定要对什么感兴趣吗？”

“唉，也不是。”少年有些无奈。

我没有说话，意念一软，就不想再反驳。

我也不想在夜里醒来，只是潜意识里的抗拒没有办法控制，有些事情，曾经相信的，现在已经不相信了。

在失眠的时候，我还常常想到死亡，不知道死去之后会怎么样，如果人生只有短暂的一瞬，那么活着有什么意义。

我问少年：

“你害怕死亡吗？”

“不害怕。”

“你真的不害怕吗？死去之后，就是永远的黑暗。”

“不害怕。”少年依旧平和地说，“因为我相信人是有灵魂的。”

“可是如果没有灵魂呢，没有灵魂你害怕吗？”

“因为我相信上帝哦，所以我不会害怕，人死去了，会经过一轮审判，然后进入新天新地，死去之后，才是永生的开始，所以我不害怕。”

“如果活到八十岁，那么你还有五十几年的生命，如果活到七十岁，那么也就只有四十多年了，粗略地算一下，一半的人生已经过去，真的不害怕吗？”

“哎，你不要这么啰唆好不好，我说了不怕就是不怕，你也不用害怕。”

“可是我想到死，就觉得很绝望。”

“如果你都觉得绝望的话，那么流浪的人，冬天里卖烤羊肉的人，岂不是更绝望了？”

“……”

我想说，不是这样的。可是说不出来。

原本我只是觉得自己渺小、被动、孤独、可怜，我自己都被自己感动了，仍由着自己不断产生消极的情绪。

可是，少年的话，让我觉得似乎那些烦恼都是微不足道的。

烦恼去了哪里，我也不知道，就像在阳光下，黑暗突然就消失了。

是心灵之药。

沉默了一会儿，我说："对了，我晚上出去吃饭了。"

"和谁啊？"少年问。

"和朋友。"

说完，我等待着少年的反应。

有一种奇妙的气氛在我和少年之间游移。

"你是不是很高兴？"少年问。

"是啊。"我的声音细不可闻。

少年笑了，于是我也轻声地笑起来，笑着笑着，眼泪就流下来了。

"你就是这样的，总抱怨不开心。可是如果真的孤独，你又承受不了！"少年说。

"……"

"你就是太敏感了！"

"是啊，那么你会喜欢我吗？"我控制着音调。

"喜欢啊。"

"那么我喜欢别人了呢？"

"那么我就先杀掉他，再杀掉你哦。"少年轻松地回答。

"啊，这样啊，我知道了。"

夜晚，就这样过去。

再睡着的时候，没有梦境。

我想起了第一次遇到少年时的情景。

少年在公园的空地上，专注地训练着猫头鹰。

他穿着T恤，T恤外面套了一件格子衬衣，下身穿着卡其色的工装裤。少年戴着棒球帽，手臂上套着皮质的护腕，腰间系了一只黑色的小桶包，里面装着猫头鹰的食物。

少年不急不缓地举起手，一只猫头鹰突然从天而降，它张开巨大的翅膀，滑翔着掠过低矮的树枝和人们的头顶，然后降落在少年的手上。猫头鹰收拢起翅膀，少年从桶包里掏出一小块食物，投入猫头鹰的口中。再次举起手，猫头鹰就朝着湖对岸飞去。它飞得那么远，那么自由，好像不会再回来。

可是少年却一副气定神闲的样子，我没有见过相貌如此斯文、干净的训练师，他毫不在意身边的人，只是目光笃定地注视着某处虚无的地方，再一抬手，从另一处的密丛中又腾起一对展开的翅膀。

少年站在原地，重复着相同的训练。远距离的训练结束之后，就做近距离的训练，少年举手指向一百米开外的木桩，猫头鹰飞了过去。

可是这个时候，就有些不一样了。

猫头鹰停在木桩上之后，收拢起翅膀，脚爪摩擦了几下，就将目光投向远处。远处是一片平静的人工湖，湖面上有几只白色的天鹅，湖的对面是一排郁郁葱葱的柳树丛。再远处，便是绿色与灰色交接的天际。

猫头鹰看得发了呆，少年举起手，猫头鹰没有看见。少年等待了一会儿，又抬起手，猫头鹰还是没有看见。不得已，少年吹起口哨，猫头鹰仍旧无动于衷。接着，少年从口袋里掏出一支铁签，敲敲手臂上的护套，护套上有金属环，金属相碰，发出叮叮当当的声响。但是猫头鹰仍然像一尊工艺品似的一动不动。

少年站在原地，显得有些好笑和狼狈。

我扑哧一声笑了出来，少年转过头，这才看到了我。

我看到少年的眼睛，他的眼神像苍白的湖。

好帅啊，我在心里狂呼。

我转开视线，收敛起笑容，可是由于心情一时错乱，又笑了出来。

“猫头鹰睡着了哦。”少年对我说。

“嗯？”我抬起头。

“它们会闭起一只眼睛睡觉。”

“啊？”

“一只眼睛睁着，是为了保持警惕，但是并不影响它们睡着。”

“……”

“它累了，所以我也休息一会儿。”

说着，少年在另一张长椅上坐下。

太阳从云层中跳出来，我知道其实光线并没有多么明媚，可是却像一丝丝的金线从天际倾落下来。

可能是正在工作中的关系，少年身上有一种认真的态度，就好像一眼看去，是一个“不会说笑话的人”，可是少年无疑是帅气的，他的帅气与圆滑、精致，以及盛气凌人毫无关联，少年是干净的，给人朴实和木讷的感觉，好一个少年呀。

我注视着木桩上的猫头鹰，突然发现它的脑袋转动了一下，它朝我微微地偏过头来，严肃地注视着我，然后，极其隐秘地眨了一下眼睛。

我眯起眼睛仔细地盯着猫头鹰，可是它又扭过头去，恢复了发呆的模样。

没有人听到，猫头鹰对我说了什么。

这个世界上，你总会遇到一个人。

不管在哪里，不管走多远，你总会遇到。

他和你很相似，你们志气相投，同病相怜。

遇到的一瞬间，你就会感觉到。

那个人。

就是百分百的少年。

孤独书

消失宾妮

消失宾妮

上海最世文化发展有限公司签约作者

以戏剧，旅行，自我思辨为本命

已出版作品：《妄言之半》《四重音》《馥鳞》《孤独书》《葬我以风》《碎片与深情》

一

察觉自己孤独，或是不孤独，都是轻视。

二

还以为真正一个人的时候会想落泪。也没有。哭这种事，倒不是觉得痛苦，只是一口呼吸被压在眼底，大概是思绪一踉跄，氧气就化成泪水涌了出来。几滴就留干净，也没有情绪接着号啕，落泪要体力，而一个人的时候大多云淡风轻，蓄不了什么埋怨的说辞。

三

与他分手两个多月，他还笃定我不会自己打电话订餐，不与人交谈；不会自己捞下水道里被腐化的碎头发，擦抽油烟机管道里无法清洗的油。其实没什么不好跨越。以前恐惧生人，倒不是真的怕，只是能免则免。我缠过正在上班的他帮我打电话给楼下的餐馆，为一盒盒饭。与他分开两个多月，自己下楼买菜买饭，也自己打电话给所有以前避而不见的陌生人。其实并不可怕，他从不明白，我不是不做，只是因为有了伴，就把惰性当依靠，将“不想”淋漓尽致地发挥。

四

他们说自己很孤独，一个人住，没有家人软硬伺候要挟你早起吃饭。没有陪伴，精神低落会买醉求荣。但也有一个人，不抽烟喝酒，不群发短信，不主动邀约。那时将所有人的隐身可见取消，每天活在世上做一个透明人。在微博上看见关系脉络里的人打情骂俏，世界喧嚣。号称无爱的人晾晒寂寞，但寂寞不是孤独。有人在酒场欢愉，拍声色俱全的画面作梗铺垫，不知名的看客都看到了寂寞的号召，鱼群一样向饵游去吐着泡泡。笑一笑，对天边家人装作自己很好，并不告知已经三天没出门。删掉所有没营养的短信，也发不出“你在做什么”的求救信号。跟自己养的猫对话，哪怕它只是盯着自己碗里剩下的猫粮有多少。

五

差不多三个月，楼上楼下的人每天在装修。我的房间左墙右墙都在钻孔机的骚扰下振动。每天半夜入睡，等着装修工好吃懒做不要太早做活。但他们八点起来，跟墙壁搏斗到九点，于是梦中岛屿沉没动物哀鸣。我醒来之后他们不知道在做些什么，也许搅和泥水铺墙纸，总之再无声响。下一个工作节点是下午一点，睡意刚刚懒洋洋地团躺，世界就兴师动众地叫醒它。无人可投诉，你只是不坐班的孤独人。一忍居然就是三个月，怨言仍是那么些，不消不长。

六

不会无聊，但什么叫有聊？如果化一个通透的妆出去赴约八卦生活就有些兴奋点，那推开家门回到房屋就足够冷却。离别时说“有空找我”的友人，你在微博上看他们忙得无暇走过两条街跟你吃个饭。所以你也很习惯，发现楼下有很多种可以吃独食的饭店。盒饭套餐面包水果麻辣烫。一顿二十块打发了自己，或者五块一包的泡面。还有十九块一袋的干木耳，抓一小把用水浸泡，膨胀成足够凉拌出一大碗的体积。有天发现楼下那家快餐店，墙上都无画作装潢，只有一道狭长的镜子，忽然从墙上镜中看见独坐的自己，犹如看见画中痴愣的模特假人。

七

也不是那种需要邀谁三五成群相聚的人。也想过吧，招呼半熟不熟的人一起喝酒唱 K 聊天。妹妹问为什么不热心交际，答曰，去多了你就知道，人际浪潮里受欢迎的船只不外乎两种—— 一种人雍容华贵人人要交结一番，都想着有朝一日可以利用；另一种一无所有但是人很有趣，破罐子破摔得特别或是坦荡得像是出卖自己换来的风趣，哪怕真心无几多，引人发笑就够受用。但你偏偏哪种也不是。心情好的时候信口开河地做过第二种，但是真正孤独到想融入人群时，不想费尽心思对这个世界多讨好。想等世界真的接纳你的良言，可这世界就是冷屁股，你不贴它，它也高傲地另寻玩伴。

八

所以宁愿一个人。

九

网购许多东西，每天都在等着快递敲门。买许多手工材料，一点一点尝试。你也许真的没试过日日夜夜缝制小玩意儿，房间进光不够，再亮的台灯也拥不住细节。到了傍晚眼睛累得一塌糊涂，甚至流出泪来。在穿针引线的时候频繁发现自己无能，线头对不上针孔，明明就在眼前，知道向前一步就是通融，可是推过去，就是擦肩而过的空。空得心里眼下都觉得痛。

十

还有人近似抱怨地跟你炫耀孤独。无人爱她，或是正爱着的并不懂。已遇见愿意一日一面的躯壳还要抱怨，倒也听得完。实在无心的时候不顺着这个话茬接。但是人啊，不知作何而来，也许只是为了排解自己的孤独就将对方当作垃圾桶，情绪不管好坏都统统倾倒，也不管对方的身下是否有个更大的黑洞。没关系，习惯了就好。你若是张牙舞爪地透露，对方就觉得你矫情敏感，所以你听完。你身边都是言词漂亮的朋友，黑说白，白说黑，美化修缮，永远找得到自我寄居的观点来允许自己矫情，却不耐烦你的失落。所以你永远不说，永远不说，永远不说。

十一

时常一个人看电影。越是惹人哭的越是要一个人去看。必须买大桶的爆米花，只是想要一桶甜得发腻的东西罢了。你也不想吃得有声咯吱。隔壁连续落座下三人，三人成虎呼啸而来，点评所有咯吱爆米花的人不要脸，仗着自己有团伙的底气发挥舆论与道德的优越。于是在黑暗里有那么一点想哭，两指无声摸一颗膨胀得最松软的爆米花送到嘴里，感觉自己刻意用唾液占满，就像海水灌入舟船，你是那个狠心的世界，把你喜欢的甜腻先一个浪头拍成覆灭，再轻声地蚕食。你明明知道他们与你无关，成群结伙的人总是借着旁人纵容自己的底气，先谈论旁人，再谈论电影，任何细节都要过问涉足摊开来讨论，就不留给旁人适当的留白。可是你还是这样一颗一颗，身心疲惫地吃完整桶整场。

十二

偶遇良人吗？也许也有。路过的男士总是找你聊天，居心只不过有一点点叵测。对于暧昧这回事其实人人心知肚明，你不玩，就玩不起来。没有一个人的暧昧，两个人都摆出世界冷屁股那样子，你贴一点，他尝了甜头于是他也贴一点——这种都市人寂寞的游戏也不要做，做来作何？对于暧昧而来的过客，偏偏要很认真地询问，你觉得这样下去的意义在哪儿玩。躲在不负责的位置只为了全身而退，一开场就看得到，不诚恳地玩游戏不如亮出底牌。撒谎啊，浪费生命。你撒谎一个，还要花无数岁月再来走一趟钩心斗角兴许才能走回正道上。

别了，不要，不为排解孤独就得找条弯路去走。

十三

一杯独酒，一支蜡烛，入夜了开门引风入堂，熏一种名叫希腊花园的香精，抱着猫缩在沙发上读一本书。时常读几十页就觉得模糊，于是打开电脑，看国外大学的公开课，听一点有意思的论点、英文，一边看一边做手臂负重训练减肥——这样坚持了整整两个月。没人陪伴，没人过问，没人解答，没人理解，也不需人陪伴、过问、解答、理解，只是偏有人高谈阔论这种孤独覆辙的生活的不应当与不道德——只有与人交结自我欢愉是正确的吗？可是，为什么？

十四

只是因为知道没有谁真的需要谁。人际欢场都有定律，得益者皆名流。既看过，便脱掉，剩一层丑陋的依附唤作孤独。习惯了也好。也不用活在世界中央，被彼此欺骗的文化灌输各种理念，却忘记自我感应到的初衷，忘却世界之中真正需要守护的是情感、善念，还有有限的能源。再没有旁人激将，自身也不会被盲目散发的欢愉情绪蒙蔽双眼，无法做出自知理亏却又高兴得要死的傻事。没办法被“找些人出去玩玩”的劝说再离间，于是被下定义成“有毛病的人”。

争嚷不过，也没什么好争嚷。

其实你不是要说服别人你没事。

不想讲，讲了也无用。

孤独者与害怕孤独者之间一线之差，前者只剩冷静，后者还期盼跟世界作乐作乐。后者笑前者因为一无所有所以把玩不了世界——倒也是，有一半是没有足够丰腴的底气沉溺，就上了岸，做一个在黑夜里孤独望着月亮思考的人。

十五

从前无法逾越是因为自己的贪嗔痴。

但越至孤独却越是直面自我的处境。

已习惯无人的夜，睡醒的猫想转个新场，它从床边跳上沙发，走到我身后，却又试探地伸过爪子踏上我盘着的腿——我发觉它像踏住一只舟那般轻盈地点着我的腿，又像登船的人走到我怀中，聚拢，团上，眯着眼。大风大浪终会来，我就像它的方舟。和它从无对话地相依为命，本能地相依，一转眼都已五年。浮世之中还需要什么？朋友都是会离别的过客，爱人也是说谎而来的簇拥者，曾经光鲜地激发彼此能量强推进，但一旦失控就耗空。说再多做再多最终散场时一样也不能留。

十六

所以察觉自己孤独，或是不孤独，都是轻视。孤独即轻视自己，不孤独即轻视孤独。否认即越来，承认即席卷。永远在周旋，却没人承认它也有它的真相——越不回避，越清醒。

十七

在非常寂静的夜与孤独之中，发觉自己不再信任放纵者的颂歌，但也不能将宣扬宣扬。只不过世界有的时候，无胜于聊而非聊胜于无。若你镇守得住。

若我失序

琉玄

琉玄

上海最世文化发展有限公司签约作者

写作是反复撕裂再愈合，没有解药，不过咖啡是我的粘合剂 :)

已出版作品：《宅不宅之暴走香港》《宅不宅之玩转东京》《东倾记 · 神启》《东倾记 · 啸世》《你可以爱我》《妄劫歌 · 轻雷》《妄劫歌 · 灵机》《北京人在北京》《北京人在北京 · 煮海》《光与专属少年》《花与灼眼之爱》《夜与极昼恋人》《琉言 · 第一条》

一

很远以后的事，想过吗？

——当然啊。

等我老了，照理来说应该有条件和心爱的老家伙住在有花园（但是用来种水果）的房子里了吧，还养了一只狗和一只猫。三十多岁快四十岁的时候开了一家只有两张桌子的小店，应该是卖甜品吧，虽然很想卖咖啡和简餐，但我懒得刷盘子啊。每年要出国旅行一次，可以在门口挂个牌子很任性但又很酷地说：乖，先将就吃吃超市的面包吧，只要坚持十五天。

虽然连店面的装修和卧室里用什么床单也想好了，狗的品种是杜宾，猫的话要蓝猫，而陪我到老的那个人，精神和肉体一辈子也没出过轨——

但也就是想想。

我真正在计划并提上日程的，最远的，也不过只有在三十岁之前考到驾照而已。

二

说具体一点，无论是带花园的房子、狗和猫的优质生活、甜品店、环游世界，都要钱，不是咬一咬牙去吃一顿皇后饭店七百块的龙虾，不是这样无关痛痒的小钱。

与人相爱是不需要花钱的，但若是运气不好，爱上了一个吃软饭的呢？爱进了骨子里，若要放手就好像砍掉了你一条手，养还是不养？

就算运气好，对方挣的是自己的十倍，若有一天病了呢，我就挥挥手说："哎呀，你看你病成这样，我也没钱替你治病，那我们分手吧。"

太绝情了。

我不是在说我这人有多深情，但我了解自己的脾气，玩一玩也就罢了，要真是打定了主意，确实看上了你，咱俩好吧，不到撒手人寰的那一天，是肯定舍不得叫你落到别人手里的——谁都不行，带着镰刀穿着黑风衣装 × 的那家伙也不行——在我咽气之前，你哪儿也不可以去。

三

钱这个字不管是说出来还是写出来都散发着一股汗臭味儿，太不高贵了，也太不云淡风轻了，把钱字挂在嘴上的男人和女人都显得庸俗无比，“我就是爱钱”甚至不如大喊“我想要约炮”来得可爱。

我只想要岁月静好——

话太动听——可是所谓静好，其实已经对生活要求得太多，没钱你是好不了的。

穿着飘逸在云间的白裙子，手里攥着一百块去菜市场买了两斤猪肉和一棵大白菜后，回身一看水果摊上讨喜的大红樱桃，每一颗都沾着娇滴滴的水珠子，一问价，一百八一斤。你心想又不是买不起，只是没带钱，走出市场后心里难免郁闷，想吃个水果跟20世纪80年代盼过年似的。

这时候，再来一辆送货的小三轮蹭着你的腰就擦过去了，给你抹一身泥，气得你站路中央想掏纸擦一擦吧，刚跟卖菜的小贩吵过架的大妈从身后来一句，“好狗不挡道。”

生命短短数十载，我想尽力把生活对付得好看一点，不住豪宅喝拉菲，至少住在干净明亮的公寓里，餐桌上是新鲜的有机菜，仅仅如此，我想应该对得起“岁月静好”几个字了吧，若还有人摇头评判我太物质，我也只好回一句“你们星球的标准我不是太懂”了。

四

为了以后做个富足老人家——假使有一天我老无所依，也想做个穿着花裙子骑哈雷摩托车的快乐老太太——

我要开始存钱了。

“我挣的不算少，但几乎没有存款。”我对朋友发牢骚，“没有一笔版税能乖乖在账户里待上半年。”

他喝了一口手里的摩卡，举着纸杯对我说：“你看，咖啡很好喝，但是三十块一杯，其实也不必要天天喝，在有值得庆祝的事情时喝一杯就好了。或者说，我今天心情要么特别好，要么特别坏时，喝一杯。在这样方方面面中，一杯咖啡，一顿饭，一件衣服，这里省一点，那里省一点，钱就出来了。”

这不就是戒欲嘛。

那我也不喝咖啡了，忍了几天，还行，也没怎么抓心挠肺；出门逛街时看上一双鞋，翻下价牌，嗯不买，哇这钱省下了，心里美滋滋的；路过昂贵的寿司店，扭过头去对面的快餐店里吃一份牛肉盖饭，不花钱就等于在赚钱嘛。

不记得撑了多久，没错，用“撑”这个字眼而不是“坚持”这个词，因为渐渐地就感到吃力，活成这样无欲无求的状态并不是因为我天性清心寡欲，当然会感觉艰辛。

焦躁、易怒、低潮、倦怠、不再有期待，灰暗、死心，只想躺平等死——

——天，至于吗？不过是想吃的不要吃，想买的不要买而已，真是被自己的“欲求不满”吓了一跳，还有作天作地般的矫情。

整天面如死灰，不知道的人见了我还以为有多巨大的不幸故事曾经发生在这个人身上呢。

转念一想，不对呀，我为什么要存钱？为了以后——很远的以后——能过上好生活，具体来说就是想吃什么吃什么，想买什么买什么，等等，那我这岂不是拿“现在”换“以后”？凭什么，“现在的我”不答应。

结果，几乎没有挣扎，我就向欲望低头了。

账户里的钱像是被圈养的小鸡仔，逮着一个大洞后纷纷结伴出逃。我看着那些变化的数字，感触不大，实话说，即使是抓在手里的纸钞也不能给我带来安全感。

在我看来，钱这个东西就是纸上印着漂亮的数字，说到底还是一张纸，换成手摸得到的东西更实在，比起用保险柜存着一箱一箱的花纸片儿，只有吃牛排、喝拿铁，和我的血肉混在一起，这种感觉，才舒坦。

我活得像个原始人，或者说像个儿童，想要就是想要，一刻也等不了。

也从来没暗恋过任何人，因为我等不了，做不到把满溢的感情吞下肚假装“其实我并不想要”——我就是要——我要你爱我，我要你吻我，我要你这个人全部属于我。

可我是不会求的，一件买不起的外套，再好看，我也不会挂念，因为世界上漂亮的衣服有很多，总会有一件特别适合我，而别人穿起来却不好看的。

五

妈妈也很喜欢提以后的事情，稍近一点的比如“买房”“结婚”，很远的就是“养老”。

“你现在不存钱，什么时候才能买得起房子？”

——“也许有一天我的一本书卖出一百万本呢，随手就买房子了。”

“你不结婚，一个人会很孤单。”

——“不结婚而已，我不是不恋爱。再说，一个人一定要和另一个人在一起吗？不在一起会死吗？”

“你不生孩子，以后谁给你养老？”

——“老还需要养吗？我自己会老的。”

妈妈苦笑出声：“不是那个意思，如果你老了，没有孩子，你动不了，怎么办？生病了怎么办？”

“那就死掉呗。”我轻巧地说，“没人管，又动不了，我就死掉好了，人都是要死的。”

妈妈叹口气，“你太乐观了，你想象不到那样的痛苦。”

不，正因为我想象得到，才要及时行乐。

六

2008年的儿童节，我最要好的朋友仓促地去世了，她短短二十四年的人生几乎都在为别人而活，她是个乖女儿、好学生、满分的朋友、无私奉献的恋人。

她可以顶着日渐稀疏蓬乱的头发，穿着沾有污渍的旧衣，把全部的收入都花在男人身上和他的家庭里，自己不保养不逛街甚至连街角九元一杯的奶茶也舍不得喝，而她的收入在那座城市就是放在现在的标准来看也是算高的，一个年轻姑娘该有的一切，她都没有，是她自己不要——

她并不是不想要，她只是把未来想得太美好，甚至美到虚幻。

“等我的男人找到了工作，他会赚大钱，给我买很多裙子和化妆品，带我出入最高级的饭店，还会带我去马尔代夫，去环游世界，在市中心买复式楼，出了门就是大型超市，我推着推车，看也不看标价，一摞摞地往车里丢，买最好的巧克力还有国外进口的牛奶。”在湖南小城出生，学导游专业的她去过最远的地方是北京。她双手合十，像在祷告，“即使我不工作了，他也会养我的，让我活得像一个豪门富太太。”

那么遥远的未来，虽然远，但她深信她等得到，像一个最虔诚又乐观的信徒。

结果一切戛然而止，像是一个笑话，让人痛哭流涕的劣质笑话。

七

那之后数年里的每一天中，我都会在某个瞬间想起她，毕竟一个天天和你嬉闹的人凭空消失了，实在是很难适应，我总是会忘记她已经不在了的事实。

看见麦当劳推出了新口味的甜品，在沙县小吃喝的绿豆汤放了太多糖，路过一个日本品牌饰品店时发现了一款她最喜欢的糖果色手镯，得知某部她爱死了的剧要拍第二季的消息，我都会习惯性地想起她，打开QQ看不见曾经永远亮着，不下线、不隐身的她，才感受到脑门上遭遇迎面一锤，闷声砸醒：哦。

是哦。

我记得我们去看“她”的那一天，微胖大骨架，说话嗓音嘎嘎好像唐老鸭的她，沉默地待在一个小小的骨灰坛里。我忘不了当时风里的气味，和包裹周身叫人如在梦中的凉寒空气，盛夏，这么冷，这里是梦境。

很久以后再提起她，我终于不再那么义愤填膺，向每一个（或许不关心的）人激动地控诉间接害死她的“凶手”，只会在与我们共同相识的朋友相处时，将牛排切下一小块儿放进嘴里，边咀嚼边道："太好吃了，那笨蛋还没吃过就挂了。"

坐在对面的阿香点点头表示赞同，"是啊，那个笨蛋。"

谁叫你不好好疼自己呢，笨蛋。

我不要做笨蛋。这么想着，我狠狠地嚼着满嘴的肉。

八

"我不做计划，反正计划永远也赶不上变化。"

——这是阿香的人生座右铭，她会在我偶尔豪情万丈规划未来时这么不咸不淡地插一句嘴。

她也是正经梳理过未来的，一条一条列好，并为之努力，却被各种人力和外力以嘲讽的姿态轻易摧毁过之后，她放弃了，懒洋洋地躺在自己的船里，任风雨飘摇，在海上淡定地随波逐流。

那时我刚到北京，气焰嚣张得很，体内汹涌的热血使我与她就这个观点争论过许多次，直到我一次次被命运无情玩弄——这说法太好听了吧——直到我被贱人一次次捉弄。对，哪儿有什么变化多端的命运啊，没必要把柴米油盐的生活拔高成悲情的艺术，所有并非天灾的不幸，说白了，就是遇人不淑，被人暗地里，甚至明面上，坑了。

我像是做了脑前叶摘除手术似的，在同一个人那里栽倒一次又一次，在仅剩最后一口气时爬起来却又跌进了另一个人挖好的陷阱。

并没有跌一跤长一智。

我依旧在向着看不见玻璃墙的远方狂奔，要不巧撞了个头破血流，我会捂着伤再试试另一个方向。

我只是不再期待了。

撕碎了完美规整的人生计划表——虽然我本意是想做个今朝有酒今朝醉的江湖客，但在外人看来也许更像个无知无畏的二傻子——无所谓了，我不要再有什么计划什么期待了，就看看我这么一路跑一路摔，究竟能去到多远多高的地方。

九

我不怕老，但是好怕死啊。

这世上有太多好东西，那些美食那些美景还有那些美人，还未占有就匆匆离世，我肯定死不瞑目（……），做了鬼也不会放过它/他们（……）。

活得越久，越感到“吃苦在前，享乐在后”真是一句屁话，这只能安慰“反正现在也没乐子可享”的人。

有一对从高中开始交往了十年的恋人，是我不太熟的朋友，甚至真实姓名也不知道，他们的网名一个叫熊子一个叫鹿子，自打开始工作，俩人就在省钱，平时吃饭只下苍蝇馆子，衣服在网上买十几二十块一件的，存了不少钱，为了结婚和蜜月。

他们的结局就像是最老套的香港电视剧，在见过家长后正式开始筹备酒席时，喜滋滋地想着奢侈一把，坐出租车去吃顿大餐，结果出车祸双亡（难以置信的是司机仅仅是骨折）。

和他俩特别熟的那几个朋友消沉了许久，有个女孩子更是彻底消失了三个月，再出现时活脱脱瘦成了人干。这一切都叫我不得不又想起不亮，还有其他在我生命中突兀走失的年轻人，这些人都是二十啷当岁，当时都比我大，现在都比我小了。

他们的剧集被强行掐断了电源，分明可以预想的美丽结局永远也不来。我还懵懂地活在自己的剧集里，不知道有多少集，总不能一边上演一边恐惧。我要把分分秒秒钟的戏都作满，尽可能在最后一个画面里也能满足地微笑。

十

其实想要写遗书，但我不敢和亲近的人说，他们可能会生气，质问我干吗诅咒自己，但其实，我只是怕有些话来不及说。

就我这花钱的速度，哪里有什么遗产哦，所以在遗书里我想写的不是这些东西。我想留给我最亲密最重要的人，先用很大的篇幅写我有多爱他们，接着再以平静到接近于冷静的笔调告诉他们：想起我的时候要笑，不要哭。

有过一次在街上昏倒的经历，当时我真的以为要死了，首先是眼睛里的色彩只剩下斑驳大块的红色和绿色，紧接着就全黑，在失明的瞬间，我完全蒙了，几秒之内，能感受到体力在飞快流失，四肢不受控制，意识也逐渐远去——

我要死了？就这么死了？这么快？我当时就这个反应。哦，还在脑内骂了一声，×。

只是震惊，却没有害怕。

当时有个好心大叔给我椅子坐，星巴克的员工拿了一杯糖水给（陪我逛街，吓到差点叫救护车的）阿香喂我——是哦，我当时正想去喝咖啡，一头就栽倒在店里了——还有个好心的姑娘一直好心地按我的手掌穴位。

等我彻底缓过来以后，才意识到自己是犯低血糖了，感觉特别丢脸，急忙离开，哦，我消费了很多芝士蛋糕作为报答。

现在回想起来，还是觉得不可思议，那数十秒之间真的以为自己会死，我却没有害怕，当时觉得可能因为不痛。我太怕痛了，之后某天我在家里写稿子，突发奇想要吃拉面，打开网页搜了一番，见到三里屯有一家评价不错，立即踩着拖鞋就下楼去打车。

等我满意地喝掉最后一口面汤时，才知道自己为什么不害怕了——

因为我从来没有在等待，曾经没有，现在没有，以后也不想等。

想出一本书，现在就写序章；想看的电影，现在就出门去；想到的远方，现在就买机票；想相爱的人，现在就要拥抱。

虽然亲吻的次数永远不够，但我在活着的时候，每一天都说爱你，每一天都亲吻你。

所以——

“亲爱的：

若我失序，若我离去，想起我的时候要笑，不要哭。

虽然可能不够尽兴吧，但我这辈子很爽。

这花花世界太美太棒，我来过，又吃又拿的，而你更是可爱，我们爱得放肆。

我还会来的，还会爱的。

回见了。”

喧嚣都已沙哑

陈晨

陈晨

上海最世文化发展有限公司签约作者

撕下“年轻”的外衣，我会检视自己还剩下了什么

已出版作品：《骑誓·蛊骑士的灵印》《双 CHEN 记》《160 170 180》《浮世德（新版）》《约克公园》《你在世界的每一处》

其后我为此生爱恨拔足狂奔。

我想对他和她说，你看，雨开始下了。

一

这一年的2月我要去北京。

买了晚上十二点的火车票。父亲开车送我去火车站。一路上，我们一直沉默，什么话都不说。我塞上耳机，侧过头，看着匍匐在高架桥下面的昏黄灯光。

想起前几天和他们的争吵。想起母亲恶狠狠地对我说，去什么北京！你就是想去玩儿！你就是收不住心！突然不想再解释什么，只是装作漫不经心的样子收拾着自己的行李。但那种沉闷的气氛仿佛能让人窒息。空气像被吸干了水，干燥得让人喘不过气。

其实我知道，他们只是对我担心和疑虑，并没有恶意。

可是，他们大概不知道我有多难过。甚至会麻痹。

到了火车站，父亲默不作声地走在前面，我背着大包跟在他的后面。我看到他突然转过头，看了看背着沉重行囊走路有点摇摇晃晃的我，好像要说什么，却始终没有开口。

大量回城或是回家过年的民工因为大雪被滞留在了火车站。那种充满着危险感的混乱气氛让人感觉莫名紧张。父亲用很认真的语气对我说，千万不要和陌生人搭讪。若是别人给你吃东西，是千万不能接受的。若他们缠住你，就头也不回地往前走。

凭票进候车室，父亲被拦在了候车室外。我对他说，你走吧。他顿了顿，有点犹豫的样子，但还是小声地对我说，那我就先走了。

只是过了好久。当我不经意间向候车室外看，我看到父亲始终站在那里，还不住地往里面探望着。

二

北京是一座开阔但却冷漠的城市。晚上七点以后，商店就陆陆续续开始打烊。它和很多大城市不一样，它是一座会沉睡的城市。

这样一座在深夜里会闭上眼睛的城市。行走在里面，人与人之间，人与城市之间始终有距离感。仿佛无法与这座城市真正地靠近。但这种无法靠近，却让自己觉得清静和安全。不知道为什么，我喜欢那种疏离的安全感。

只是那几日的风确实大得让人有些头疼。

住在雍和宫附近的国际青年旅社。十二人间。一屋子背着庞大行囊的鬼佬。有些神情冷漠，有些很热情，会主动过来和我聊天。他们一直行走，路途就像浮萍，飘忽不定。每当他们背着几十公斤的旅行包对我说“bye bye”的时候，心里总是会有些小失落。

早晨五点钟就要起床。然后赶 5 号线地铁，再转 367 路公交车到北京电影学院。早晨地铁站里人很少，时常有冰冷刺骨的风从铁道深处袭来吹乱干燥的头发。我裹着围巾啃着干面包，艰难地咽着白开水。

时常在考完试的时候到北电附近闲逛。那日非常偶然地走进了北京电影制片厂。里面有高大的白杨树，伸向北方高远的天空。看到形似大型仓库的摄影棚。很多吉普车停在外边，有剧组在里面拍戏。看到一大群工作人员围坐在挡光板和机器周围吃着盒饭。

其实，早就有这样的想法，想跟着剧组跑，即使跑龙套也可以。

呵呵。不知道你们会不会笑我。

再恐惧的事情其实是看复试榜。几千个人挤在一面墙前等着榜单被贴出来。我被挤在人群中间。我听到后面有个女生说，这多残忍啊，看着榜单一点点地贴上去。要是自己没进，就等于希望一点点地破灭。旁边有人笑话她。可我却觉得，这个时候，每个人的心里都是畏惧的。

工作人员把榜单一点点地贴上去。我身后的人群开始向前涌上来。

我踮起脚，顺着准考证号码摸索着。

当看到结果的那一刻，我紧紧攥住了裤子。我看到了自己的准考证号。

三

在青年旅社里，认识了很多和我一样来北京参加艺考的孩子。没有考试的时候，就和他们一起在北京城里玩。

那日，我们一起去三环边上的798艺术工厂。“798”以前是前苏联和民主德国援助中国时建造的大型工厂。后来荒废下来，那些被废弃的工厂和仓库渐渐被艺术家们利用了起来。我们在“798”看了很多画展，还有形象艺术展。看到了很多专心创作个性鲜明但诚恳善良的艺术家，还有满墙满墙五彩斑斓的涂鸦。

我们都很喜欢那里。于是一个孩子说，以后一起在“798”租个房子啊，然后开个工作室，一起做杂志或者做设计赚钱啊。然后我们就真的分起工来了，谁谁谁做美术设计，谁谁谁写稿子，谁谁谁做策划。

不知不觉中，天色渐黑。北方宽广的落日渐渐掩起了脸。

唉！我们不知天高地厚的小年岁。

随着考试渐渐有了结果，很多孩子都因为没有进复试带着复杂的心情回家了。最后，只剩下我和水水一直到了最后的三试。水水是广东人。她一个人来北京考中国传媒大学。她每天花五块钱上网，只为看天气预报。她从未看过雪。

大多数时间，我都和她在一起。我们一起坐在西单广场中央的石凳上，看着周围如潮水般退去的灰色人群。我们去南锣鼓巷，买了很多手工本。我们站在五道口的马路中央，看着四周拔地而起的石头森林。我们沉默地坐着地铁从东直门到西直门。

这样的友情平淡却深刻。

旅社一楼的小酒馆在深夜里也不会打烊。我和水水经常坐在里面红色的沙发上彻夜复习，偶尔聊天。有鬼佬小声地放着英文原版的DVD，看着看着便不知不觉地睡着了。

不知道为什么，那个深夜里，我们聊到了死。

她说那年她高一。快要期末考的时候，她妈妈突然打电话过来，说她爸爸出了情况，让她赶紧到医院去。可到了医院，爸爸就已经去世了。

是她爸爸坐的车在高速公路上翻了车。全车七个人，就她爸一个没了。

为什么？她说，为什么这样不公平？

突然想起了在深夜里接到父亲打来的电话。他告诉我，你妈妈这几天晚上都睡不好，太担心你，又让我给你卡里打了钱，叫你别省着。还有，衣服都拿回家里来洗。

我握着电话，在黑暗中微微红了眼睛。

四

那天，水水兴奋地对我说，明天下午会下雪啊。于是那天的下午，我和她一起去了后海。

我们裹着围巾坐在后海湖边冰冷的石头凳上，看着对面结着厚厚冰层的后海。有人在湖上溜冰，三三两两的人在冰上行走。我眯着眼抬起头，看到了北方广阔无垠的天空，明晃晃的阳光微微刺痛了眼睛。

我推了推水水的手，对她说，还是走吧。

她默不作声。然后我看到她跨过栏杆，向后海的中心走去。

那日，她站在湖中心。我双腿发冷，不住地跺着脚。我用围巾围住半张脸，抵挡北方干燥冰冷的大风。

她突然说，那年，她摸到了父亲的身体。他的身体那样冷，那样硬。

生命就好像没有存在过，但是她那样舍不得。

五

城市在昏黄的落日中变成了一艘船，离开斑驳的海面。

那沙哑的喧嚣，悄然沉于湖底。

六

离开北京的那一天，和水水最后一次去了后海。

一路上，她什么话都不说。我问她，不开心吗？她说你今天晚上就走了，真的只剩下我一个人了。我笑着拍了拍她的肩，心里却莫名其妙地难过。

我们去逛了烟袋斜街，买了很多破旧但很便宜的英文 CD，还有胡同文化的明信片。路过一家藏饰小店的时候，水水执意要进去看看。

店里卖着各种藏饰。热情善良的藏族姑娘过来说“扎西德勒”，然后介绍各种饰品。

水水对一个祈愿盒很感兴趣。那是一个用藏银制成，可以挂在脖子上的小盒子。但却有一个巧妙的机关，可以将盒子打开，里面放着经文。藏族姑娘说，可以把心中的愿望写在那页经文纸上，第二天早晨起床的时候，只要默默祈祷，愿望就能实现。

水水问我，你要买一个吗？我对她摇摇头。

可我想要一个。她仔细端详着那个祈愿盒。

藏族姑娘把她带到了神像面前，默默为她祈祷。她说，姑娘，神会触碰到你的愿望的。

离开的时候，我笑着问水水，你是不是在经文纸上写要考上中国传媒大学啊。

她顿了顿，小声地说，是的。

我们又走到了北海公园。北海湖上的冰开始融化，那好像是在北京最冷的一天。我看到水水被冻得直哆嗦。我把围巾解下来，紧紧地围住了她赤裸在寒风中的脖子。

没有参观公园里的寺庙和建筑，只是沿着北海湖走。快到南门出口的时候，水水突然说，陈，能不能给你拍一张照片。于是我停了下来。

那是那年冬天我在北京唯一的一张照片。背景是北海公园已经融化了一半的湖，还有白塔。我的脸被冻得有点泛红。我半眯着干涩的眼睛，是害怕眼泪毫无防备地掉下来。

晚上，水水要送我去火车站。走到地铁入站口，我摆摆手对她说，你还是回去吧，外面太冷。她有点犹豫，但还是小声地说，好吧，你快点进去。

地铁站里人很少，我背着沉重的旅行包等待着即将驶来的列车。肩膀很疼。突然想起在很多个深夜，都想拨通他们的电话号码，想把这一路上的委屈、惊喜和迷茫统统告诉他们。可拿起手机，却没有按键的勇气。

但对于北京，对于在北京遇到的人，自己是真的有了感情。现在要离开，心里伤感又惘然。

但我清楚自己所走的路。就像我清楚自己为什么要去北京，为什么要遇到他们。我不知道成长在穿越了疲惫和乏味之后，还会有多少人记得自己曾经这样执着地接近着梦想。所幸的是，我一直在坚持，一直选择着不后悔的人生。

七

3月的末尾。离高考还有七十多天的时候，学校里的樱花盛大地绽放了，如同一场盛大不败的演出。那场在北京迟迟未落下的雪终于落了下来。

我站在樱花树下，打开了水水寄给我的包裹。

一层又一层地打开后，我惊讶地发现了那个水水在藏饰小店里买的那个藏银做的祈愿盒。我摸索着打开了那个小开关，打开了那页经文纸。

我惊讶了。在一串陌生的藏文后面，是水水稚嫩的笔迹。

——希望这个和我一起去后海的男孩永远幸福。

有花瓣随着 3 月的暖风缓缓飘落下来，毫无声息地落在了那页经文纸上。

我摸了摸没有口袋的裤子，不知道该把手放在哪里。

彷徨

李茜

李茜

上海最世文化发展有限公司签约作者

写作是生活方式

已出版作品：《没有故乡的我，和我们》《短长》

民警同志，我真的没做什么事。什么，打人？还是打未成年人？我那不能算打人，顶多……算是“路见不平拔刀相助”吧？

我喝多了？没，我刚喝了喜酒出来，我一初中同学结婚，肯定得喝几杯呀，但我真没醉，不信你测，你拿仪器来测。

为什么打人？我说了我这不能算是打人，我连她们姓什么叫什么都不知道，就觉得看校服看模样像是初中生吧……我以前从来没见过她们四个人。

和我一起的那个女人？她叫倪姗，倪萍的那个倪，姗姗来迟的姗。她也是我初中的同学，但毕业以后就一直没见过，要不是今天的喜酒，我和她恐怕这辈子也难说见不见得着了吧。其实……要不是遇到她，我大概也不会蹚上这趟浑水。

不，我不是在推卸责任，我说的是事实……要不是今天遇上她，我连看都不会看那些小孩一眼就走过去了，也发现不了那三个小孩在欺负另外一个，更不会头脑一热就冲上去……

打人跟我这个初中同学有什么关系？这……两三句话说不清楚，我能从头讲吗？我喝了酒可能顺序讲得不是很清楚，但我必须从前面开始讲，不好意思。

今天要不是倪姗过来敬酒，我根本不知道她也来了的，要是知道，也许我会找个什么借口不来了？说不准。我今天去晚了，你也肯定有经验的吧，喝喜酒一是怕单枪匹马，二是怕去得晚，我两样占全了，只能跟不认识的人拼桌。什么男方家的同事，女方家的旧邻居，都是些八竿子打不到一起的人，凑一块儿也聊不起来，各吃各的，想吃的菜离得远也不好意思站起来，就守着面前那两盘菜翻来覆去地夹，犁地似的。我倒霉，能够得着的都是不爱吃的，放在碗里装样子，一片白菜能扒拉成好几口，真想立马提脚走人。可不行，新郎新娘还没来敬过酒。做戏做全套，你人来了红包送了喜糖抓了，不喝完这杯酒道声“百年好合早生贵子”抹不开脸面不是。

倪姗就是这时候过来的，当然再过几分钟等她开了口，我就会知道她一开始并没有认出我。但这一会儿我真以为她是朝着我来的。她一手握着酒杯，走路摇摇晃晃的。不是喝醉酒走不稳的摇晃，而是那种女人式的摇晃。你注意过的吧，有些女人从腰到胯骨这部分走起来是迎来送去的，整个人像根柳枝一样扭动，左右，左右。你们男的是不是很爱看这种走路扭屁股的女人？

我扯远了吗？不，这必须得讲，你不是要我详细交代吗？我之所以会注意到她，之所以会认出她就是倪姗，正是靠着她这走路的姿态。她是我这二十五年来看到的，走路扭动幅度最夸张的女人，你甚至会以为她是不是穿了一双后跟快断了的高跟鞋，才这样深一步浅一步地左摇右晃。她从初中的时候就这么走路，但那时她是硬装出来的，跟机器人似的。而现在，我必须承认她已经浑然天成。

她胖了，也长高了，所以我一开始不敢确定是她。当然她不是肥胖，只是有些赘肉，特别是屁股，像是画画时没收住的曲线，一个圆润的大转弯，配合她的走姿，多少有些横冲直撞的意思。但很快我还是确认了，她就是倪姗，她五官没怎么变，你见过她了吧，长得还行，对吧？老实说，她初中时比现在漂亮，大概还是因为那时候瘦吧。

要我讲正事？不好意思，不好意思。总之，我认出了倪姗，而她找的是坐我旁边的一个男人，四十多岁，秃顶。她走过来笑嘻嘻地说："刘主任，您怎么坐这儿了，怎么，您不会记不得我了吧？真是贵人多忘事，我是小倪呀，上个月不是还受了您关照吗？"

她声音有些沉，跟那副娇嗔的语气多少对不上号。我偷瞄了两眼那个"刘主任"，从眼神里我觉得他没想起这女人是谁，但这并不妨碍他装出一副恍然大悟的样子嘻嘻哈哈。倒是我，在听到她自报家门后，开始后悔今天为什么要来，为什么要坐在这个位置上。

我之前说过的吧？我没想到会遇见倪姗，直白点儿说吧，我不想再见到她。其实现在想，她一开始并没有认出我，我老老实实装不认识不就好了嘛。但我当时有点蒙了，想都没想就躲开，结果椅子没坐稳差点摔倒，被她扶了一把。

"你是……"倪姗像是对我有印象，但又叫不出名字。我心里正庆幸呢，结果新郎新娘敬酒到了我们这一桌，这下好了，哪壶不开提哪壶，新娘——也就是我的初中同学——指着我对倪姗说："哎呀，你不会不记得她了吧，路森呀她是，以前你们一直叫人家‘三水、三水’的那个。”

我名字里的“森”字由三个水字组成，所以在初中时被人叫作“三水”。有点像《我叫金三顺》里面的三顺，你看过那部剧吗？也对，你们男人不爱看韩剧。我就是想说，我特别理解金三顺为什么一天到晚想着改名字，我初中时也一直盘算过改名，可后来想想，就算改了别人不叫你“三水”了，可他们还能想出新的绰号，就算你名字再好听编排不出绰号，他们照样能叫别的，对不对？又矮又胖的叫“大番薯”，又高又瘦的正好叫“老夫子”，戴眼镜的是“四眼田鸡”，牙齿凸出来的是“龅牙恐龙”，总能嘲笑到你。估计只有那些长得好看名字又好听的人才能享有“昵称”而不是绰号的待遇吧，像那时候的倪姗，要么“妮妮”要么“姗姗”，都是女孩样子的昵称。

“你瞧瞧我这脑子，刚才就觉得眼熟，就是叫不来名字！咱们这得有……九年、十年没见了吧，三水。”倪姗拉起我的手。我知道她会这么说，我就知道她会叫我这个绰号，但那两个字从她嘴里出来的时候，我脑子里还是轰的一下，不是生气，不是难过……我也说不清是什么，就是一下子，像被人从后面敲了一棍似的。

我忍着，赔着笑脸，喝了新郎新娘的喜酒，想赶紧走。但倪姗喊住我，问我手机号，她甚至拖了一把椅子过来要和我叙旧，“三水，咱们这么久没见，非得聊个痛快不可！”她喝酒，捡几颗花生米嚼着，仿佛跟我是老友重逢。去她的老友——我在心里骂着，什么难听话都骂了，可脸上居然还能挤出笑来，她问什么我也老老实实地答。我怎么这么屄，路淼你怎么这么屄，我真想扇自己几巴掌。

我们说了初中毕业后的事，念的哪所高中哪所大学，学的什么专业，现在做什么，住哪儿，好过几个男朋友，现在是不是单身……一直说到婚宴散场，她还同我一起走在路上。天黑了，路灯晕黄，像那种老照片。有那么几分钟，我甚至觉得自己失去了一部分的记忆。你有过这样的感觉吗？记忆像一潭水，舀出来一些，看起来似乎也没什么分别。有那么几分钟，我觉得我初中那两年的记忆不见了，好像我的生活真的就像我口中叙述的那样，从高中开始，到现在为止，稳稳当当的十年。

我几乎快忘了和自己说话的是倪姗，那个初中的倪姗。大约真的是酒精作祟吧，我们说着，偶尔甚至还会笑出声来。后来到了便利店——就是警察抓我们那里——倪姗说她进去买点东西，我就在门外等着。店门口停着一辆脚踏车，一个披着长发的女孩斜靠在上面，一条腿曲着，一条腿伸直，像电影里的感觉。那个女孩你见过了——当然她现在应该蛮狼狈——但她确实漂亮，虽然化的妆其实挺糟糕的，但你能看出来她五官精致。她穿了条短裙，校服系在腰上，两条腿又细又长。我猜她是放学后在厕所换的衣服，把校裤塞进书包里了吧。旁边还站了两个女孩，也把校服系在腰上，可惜下身还穿着宽松过头的校裤，显得腿很短。倪姗打开门进去的同时，一个有些胖的女孩端着四杯关东煮出来。

你也知道四个大纸杯，还加满了汤，很难拿的。那女孩很小心，可惜还是洒出来了，汤汁溅到校服上、鞋子上，另外三个女孩就这么看着不动，还在笑她笨。那女孩低着头，不敢看她们。

这一刻我那些消失了几分钟的记忆都回来了。倪姗在这时也走出门，扫了一眼这些初中女孩。我盯着她的脸，想从她的表情里看出她是不是想起了什么……

对不起，我能重新开个头吗？我讲得太乱了，忘了从最开始讲，不好意思。我不是拖延时间，我必须把最开始讲清楚，从我最初遇见倪姗开始讲。

我是初二转学过去的，其实这对当时的我来说很难。我那个时候特别内向，很怕生，你想想这样性格的人，转到一个陌生的环境，周围的人都是认识一年多相互熟悉的，我很难插进去。其实小学、中学时代人跟人成为朋友，最多的不是因为什么兴趣爱好，而是看跟谁成了同桌、前后桌，跟谁一起上下学同路。也许你们男的要好些，打打篮球什么的，朋友就一群了。可大部分女孩的交际都超不出我说的这个范围，我就更是了，所以顺理成章地跟当时的同桌最先熟了起来。

你别急，这段当然跟倪姗有关，我这不就要讲到了吗？我同桌当时是倪姗的小跟班，这么说你懂了吗？倪姗算是个小太妹，班上有几个跟班每天跟着她混，我的同桌就是其中之一。于是，只有这唯一一个“熟人”的我，便也成了倪姗的跟班，而且是地位最低的那个。那两年我被当成一个免费跑腿的，买什么拿什么都是我的事，被捉弄，被拿来开玩笑，被用来打发时间。也没什么好说的，电影电视剧里演过不少了，情节都大同小异。

这算是友谊吗？反正肯定不是值得被人歌颂的那种。我现在已经想不起来当时的自己有没有把这群女孩当成过朋友，但其实也没有电视里演的那么悲惨。还是会有些轻松的时候，跟她们去逛街，拍拍大头贴，八卦一下足球队那个长得最帅的前锋，就跟别的女孩没什么两样。人都是好了伤疤忘了疼，开心的时候就觉得好像从此以后再也不会受伤似的，等到以后再受伤了，又觉得忍过这次就好了，挺贱的，对吧？

那时有没有想过脱离她们？刚开始的时候是想，可一是怕再没有人理自己，二是怕被她们报复，所以不敢。等过了一阵子，别人都知道你是她们那伙的，也就多多少少躲着你，排挤你，很难再加入到一个新圈子里了。我不怕承认，是，我就是胆小鬼。我那时总在算着离中考还有多少天，我从来没有像那时一样盼着最后的这场考试。我幻想了无数遍毕业后与她们彻底断了联系后的新生活，可也许就是因为这种祈求的心情太迫切，反而让现实里的每一天都显得无比难熬——因为我不得不逐渐变成她们的同类。

你知道那时候时兴的教训人的方法吗？我还记得我第一次动手打人，那个女孩好像是说了倪姗的闲话，传到了倪姗的耳朵里，放学后她便派人在校门外堵住了那女生，拖到角落里，让人按住两只手，像是待宰的猪崽儿。倪姗在这时才姗姗出现，脸上是嫌鄙的冷笑，让那女生放聪明点，从在场的人里挑个人来“教教”她。要是不选，就要找倪姗的干哥哥亲自来动手。女生瑟缩地抖成一团，面无血色，目光躲闪地瞄了我们一遍，畏畏缩缩地指了指我。

“哟，眼光挺好的嘛，知道我们三水还没打过人是不是？”倪姗冷冷地说着，转过头盯着我，“既然人家这么看得起你，三水，你可得好好表现，别给我丢脸啊。”

我记得那时我发抖得简直比那个即将挨打的女生还厉害，两只脚像是灌满了铅，一步也挪不动。我恳求地望着倪姗，或者说是乞求。我求她随便派人代替我去，我不求她放过那个女生，只求她放过我。

由于我低着头迟迟不肯动，倪姗不耐烦了，她上前一把揪住我的领子，另一只手毫不迟疑地重重打在我脸上。我的大脑像被闪电劈开，思维停滞，傻傻地看着她。倪姗修得尖尖的食指指甲戳在我的额头上，恶声恶气地说：“三水，你是不是不会打人，啊？就像我这样打，很简单的。你可想清楚了，你要是不打这个贱人，今天被打的就是你。”

我还是不敢，我从小是连架也没打过的人，我办不到，只能忍着半边脸火辣辣地疼，怯懦地摇着头，讷讷地重复：“倪姗，我不行，我真的不行……你让别人打吧，求求你，求求你……”

“哦，你这么想换人的话，也行啊，没问题。”她喊了力气最大的那个女孩的名字，“你给我打，用力打，打到三水肯动手为止。”女孩什么也没说，直接就打在我另一边脸上，我还来不及感到痛，第三掌，第四掌，第五掌……手掌像冰雹般落下来，打累了，便换成拳头。

“说！你打不打？！你到底打不打？！”倪姗尖声逼问着我。

我甚至觉得我的脸已经和身体剥离，再也忍受不了，撕心裂肺地喊：“我打……我打！”

……不好意思，能给我杯水吗？谢谢……这件事我还是头一次告诉别人，十年了，我觉得它快烂在我的记忆里了，可现在说，却什么都还清清楚楚的……那天晚上我回家时，两边脸都鼓着，是被人打肿的，两只手掌也疼得厉害，是打人打肿的。我一路上都在想回到家要怎么解释自己的这个样子。我怕得要死，怕到多么希望回家的这条路长一点，再长一点，一眼看不到头，能让我的肿痛消除，能让我恢复成仿佛什么也没有发生过的样子以后，再回家。开门的时候我手抖得厉害，甚至抓不住钥匙……到现在我也想不通为什么当时自己会这么害怕，仿佛回的不是家，而是上了手术台，自己所有的懦弱、胆怯、无能都会被摊开在手术灯下，一清二楚，无路可逃。门开了，同脑海中预想了无数遍的开场不一样，灯没亮，漆黑一片。

你能理解那种感觉吗？书里边会怎么说，悬着的一颗心落下来了，对吧？我后来知道我爸妈是被人叫去打麻将了，而当时我两条腿都是软的，不敢开灯，摸着墙在家里转了一圈，确定没有人以后，就照着以前电视上看过的，把冰块装进袋子里敷在脸上。我生怕爸妈回来，脸也不敢洗，脱了外衣就躺在床上，用被子蒙着头。在那种死一样的安静里，我手上、脸上的疼，冰块的冷，都愈发强烈，还有一样，就是我的心……我发现我的心还在下坠，一直往下掉，好像没有底线，我像是能听见它落下去带起的呼呼风声。我一直等待最终会有一块松软、有点潮湿的土壤能接住它，或者是硬邦邦的石头也行，会被砸得粉身碎骨也行，我只想让我的心落到底。我等得忍不住哭起来，又不敢出声，只能咬着被子，任凭眼泪往下淌。

当今天我看见那个胖女孩——当我看见她低着头，校服上还滴着刚才洒下的汤汁，她来不及擦，诚惶诚恐地把关东煮递给另外三个女孩，可越是小心手就越发抖，其中一杯倾斜了一下，汁水洒在领头那个倚着脚踏车的女孩手上。女孩当场变了脸色，她想都没想就把纸杯朝胖女孩推过去，四大杯汤水全浇在她身上——当我看到这场面时，满脑子都是十年前的自己。我突然发现原来这么多年过去，我竟然还在等，等待我的心落到一块踏实的地面上，它陷在那个无底洞里，没有尽头地彷徨。

倪姗在这时走出便利店，我确定她看到了这一幕，这对她而言该是多么熟悉的场景啊，我甚至忍不住想象她的反应。可她只是快速地走到我身边，拽着我的手，毫不在意地说："我买好了，走吧。"

我想当时我一定是睁大了眼，难以置信地瞪着她吧。她有些奇怪地望着我说："你发什么愣，走啊。"我伸出手，生怕她没看见似的，指指就离我们几步远的那四个女孩——两个跟班将胖女孩推搡在地上，领头的女孩居高临下，挥手狠狠打下去——

"看什么呀，这种小屁孩的事让她们闹去吧，少管闲事。"倪姗冲她们翻了个白眼，拖着我就要走开。

我不得不相信，她是真的忘记了——忘记了曾经的她与那个指使人的女孩如出一辙，甚至变本加厉，忘记了曾经的我同那个胖女孩一样卑微可笑。

我是不是该觉得庆幸，连倪姗都记不得那时的我，于是也许我真的能像失忆一般，将那段耻辱的初中岁月从记忆里彻底删除，或者粉饰装点得花团锦簇，也许我能为自己编造一个平凡而美好的十四岁，然后从心底去相信它……

可是不行，无论我再怎么自欺欺人，那颗始终下坠的心不肯给我出路。当我独处时，我永远记得那天拖沓在回家路上的女孩，那个晚上不敢哭出声来的女孩，那个让二十五岁的我看不起的，不想承认是自己的十四岁女孩。

我挣脱倪姗的手，顺势把提包的肩带滑到手里，走过去，将皮包狠狠地甩到那个正打人的女孩后脑上——

砰！

像是砸到石头一样，重重的一声响，我的心，终于停止了下坠。

后来的事我已经记不清谁打了谁，很混乱。我和那几个女孩扯在一起，倪姗想来拉开我，结果也被扯进来。我挥着手里的皮包，也不管挡在前面的是谁，只管打去，后来皮包被人抢了，我就用手，用指甲。我抓破她们的手臂，揪扯她们的头发，听到她们发出猫一样的刺耳尖叫，不时还夹杂着倪姗破口而出的脏话……

有那么一瞬间，我觉得自己像是回到了十四岁，回到了那天——我被同样十四岁的倪姗打了一巴掌，我抬起头，啐了她一口唾沫，不等别人反应过来便将她扑在地上，骑在上面一拳又一拳朝着她的脸挥去。起初那些跟班还想将我拖开，但我眼睛血红，像野兽一样用手和牙齿撕咬她们，很快女孩们都被我疯狂的样子吓到，不敢再上前，躲得远远地看着。倪姗躺在地上无助地呼救，我低下头，仔细欣赏着她伤痕累累的脸，看着她肿胀的眼睛和嘴角，心里有着难以言喻的解脱，甚至忍不住对她露出笑意，然后，再一拳一拳用力打下去——

我的心，平静得像无风时的湖水。

好了，我要交代的都讲完了，后来的事你也知道，便利店的人打了110，警车出现，然后……然后我就坐在这里了。我记得便利店门口是有摄像头的，你们可以去查，我说的都是事实，你也可以去问一开始被打的那个女孩……不过，她要是不肯承认，我也不奇怪。

嗯？为什么我这么肯定？因为她就是这么说的啊……我们是分在两

辆警车上被带回来的，那三个女孩一车，我、倪姗和那个胖女孩一车。在来警局的路上，倪姗渐渐回过神来，开始絮絮叨叨地说：“看吧，叫你少管闲事少管闲事你不听，现在管出事来了吧？我今天是中了什么邪，运气这么背，遇到你这种——”

话音戛然而止，她意识到自己说了不该说的，连忙讪讪地改口：“我不是那个意思……哎呀，算了算了，就当是帮助弱小了，你说是不是呀，小同学？”她随口跟那个女孩搭话，却引来女孩忍无可忍地回击：“帮什么？谁要你们帮了？你们吃饱了撑的还是怎样，老女人！”

哈，你现在的表情，跟当时倪姗的表情一模一样……也许我也是这样子也说不定。想不到吧，那女孩一点没领情。倪姗当然气急了，你想，她莫名其妙挨人揍了几下不说，最后还落得个“多管闲事”的下场，能不气吗？她在车里就跟那女孩吵起来，要不是警察喝止，我看她都恨不得再次动起手了。她扯着我愤怒地喊：“你看看你做的好事！早知道还不如就让她被那几个女的打死活该！”

女孩抬起头，眼眶通红：“挨打又怎么样，我宁愿被打！现在这样……现在这样……她们以后不知道会怎么合起伙来对我……都是因为你们！都是被你们害的！”她的声音不知是因为愤怒还是因为惧怕而颤抖，她死死地瞪着我们，在我看来，却像是为了竭力阻止眼泪流出来。

我看着她，就像看着十年前的自己。我有好多话想对她说，想告诉她其实那些女孩——那些此时看起来与众不同的女孩根本不值得羡慕，因为她们所拥有的那些看似光环的东西，再过若干年，你都会一一拥有。她有胆子不穿校服来上学，若干年后，你要是愿意可以一年四季穿高跟鞋配超短裙。她化了妆修了眉穿了耳洞，若干年后，你都会掌握。她交了男朋友，若干年后，你与她同样都会结婚生子。她认识几个社会上混的人，可那不过是些社会的渣滓，若干年后，你自己都变成了社会人时，也许反而会偶尔怀念校园里的生活……

我也是在初中毕业许久后才渐渐想明白，在我们人生的前十几年，大部分孩子其实是处在玻璃罩子里的，看得见外面的世界，却接触不到。成年人的社会对我们往往象征着一种神秘的力量，就像潘多拉的盒子，吸引着人想要打开一探究竟。所以总会出现倪姗这样的人，他们比起同龄人多接触到了一些社会……并且往往是社会里的残渣剩饭，但在十多岁的我们看来，成人社会所具有的神秘为他们镀上了一圈光环，他们成为大多数同龄人接触外面世界的一小段独木桥，仅仅如此而已。

女孩，若干年后，当你长大成人，再回想今天，大概会嘲笑当时的自己为何这样懦弱不堪，为何会视这样的关系为友情，为何会怕被排挤出这种可笑的小圈子，甚至怕到宁愿受人摆布欺侮。所有这些问题在若干年后都不再存在，因为任何问题在时间面前都不是问题，时间本身就是唯一的问题。

我想告诉那女孩的太多，可是最终，却一句话也说不出来。因为无论我说什么，对现在的她而言都是遥远的，她看不到眼下有更好的出路，那条路似乎总是在未来，而不是现在。她只知道明天的世界是加倍地被人欺负、被人排挤，她不知该怎么走下去，甚至不敢迈步，她彷徨在那条漆黑的路上，不知道自己要去哪儿。

路森走出派出所时天光大亮，她恍惚了几秒钟，这才反应过来已经是第二天。在里面坐了一整晚椅子，浑身腰酸背痛，她刚活动了一下身体，一阵刺痛就从脸颊、手臂、小腹、大腿各处传来。她拉起衣袖，几道血红的抓痕正醒目地交错在手上，定是昨晚那几个女孩回敬她的“礼物”。她苦笑一下，都不愿去想象自己现在的惨状。

“三水！”身后传来声音，她转过头，看到倪姗披头散发地走出来，竟有些恍如隔世的错觉。

“怎么，惹完事一声不吭就要溜了？”倪姗沉着一张脸说。

“不……我上的早班，想着赶紧回家收拾一下还得去公司……”路森支吾着找个理由搪塞过去。

倪姗却扑哧一声笑开来：“瞧你，做贼心虚似的，我跟你开玩笑呢。”

路森不动声色地舒了口气，换上轻松的表情：“你就别拿我寻开心了，折腾了大半夜，还不嫌累？”

“这都是拜谁一时冲动所赐啊？”

路森微微低下头：“对不起……都怪我……连累了你……”

“算啦算啦，都过去的事就别提了。”倪姗摆摆手，“你快回家吧，家里人都该着急了吧。”

“……嗯。”路森有些心不在焉地应着，正要同她挥手作别，忽地顿了顿，迟疑地开口，“……那个，倪姗……”

“怎么？还有事吗？”倪姗回过头。

路森犹犹豫豫地问：“你……就没有想起什么吗……昨天看到那个女生打人的时候……”

“想起什么？”倪姗疑惑地眯起眼睛，“没什么呀，现在的小孩子嘛，打打杀杀的电视看多了。”

“是吗……”路森突然轻轻笑了一下，瞳孔却没有一丝亮，“是吧。”

“你别多想了。”倪姗正说着，手机铃声响起，她拿出来瞄了眼，叹口气说，“我老板又催了，那我先走了，咱们改天再约，今天这事你可得请我顿大餐压惊。”

“当然，当然，说好了，改天电话联系。”路森微笑着点头，目送倪姗上的出租车驶远，这才转过身往前走。

果然她没记错，才走了几分钟，一家移动营业厅就出现在眼前。

“您好，需要办理什么业务吗？”

路森掏出手机，将 SIM 卡拔出：“我想把这个号码停了，另外再给我一个新号码。”她面无表情地说。

邮差

Pano

Pano

上海最世文化发展有限公司签约作者

一言不合就拖稿

已出版作品：《南法航线》《明天见》《我们就是世界》

Domenico是头一个主动跟我交友的欧洲人。他是意大利人，棱角分明的脸庞，栗色略卷的头发习惯性往后梳。一双深邃的眼睛，看着你时总觉得他像要跟你说些什么。我第一次见到他，想着要是往他身上披一张白布，再揭下，他会不会瞬间变成文艺复兴时期的雕像。

我有个坏习惯——在思考或倾听别人时会随手乱涂乱画。很多人以为我在走神，其实我的手只是无意识地在动。那天下课，我在收拾书包，他向我走来，用法语问："你也喜欢MANGA吗？""什么？"我抬头问他，他用似笑非笑的表情看着我。那时我刚来不久，不晓得法语中漫画就叫作MANGA。"MANGA。"他拿起我的笔记本，指指上面我乱涂的小人。"哦——"我恍然大悟，"是的，我很喜欢。""我特别喜欢看Naruto。""我也是！"我一下来了精神，来法国这么久，遇到聊得来的朋友真的不多。"那你喜欢哪个人物呢？"我背上书包跟他一起下了楼。我们交流得很艰难，彼此的法语都不灵光，但共同的爱好跟在异乡的孤独感，让我们坚持聊着。回家路上发现他住得离我家很近，就在隔壁街，走过去三分钟。

Domenico是一个美术老师，因为某个项目他自愿交换来到这座城镇的一所高中教学。学校给他报了法语课程让他一边学一边教课。我们都聊一些浅显的话题，聊不下去了就重开一个，乐此不疲。他跟我谈起他在家乡的一些事，父亲是个婚礼摄影师，还有一个刁钻任性的未婚妻。提起她时他会习惯性挑起眉，像在抱怨，可嘴角的弧度却出卖了他的幸福感。他说学校里的同事会在办公室里公然用法语揶揄他，他都听得懂，可也反驳不了什么。事实上他的法语进步得很快，因法语跟意大利语同属拉丁语系。开始时我法语还比他好些，但没多久他迅速就超过我。后来我们的对话更多是他在提问，我回答是或者不是，然后稍加说明。

他问我平常在家讲法语吗？我摇摇头说不，跟朋友都说中文。他说那不行，你必须一直说法语。又问平常在家都干吗？我答就打打游戏看看电影。他问不出去玩吗？我说除了去买菜不怎么出去。他很认真地对我说，这样你的法语是不会进步的。今晚七点在学生宿舍有聚会，我带你一起去。我刚想拒绝，他深栗色的眼睛一直盯着我，用不容商量的语气说，晚上六点四十五分我家楼下见。

晚上他拿着几包零食跟一瓶大可乐下来，见我两手空空大吃一惊，“你什么都没带吗？”“要带什么吗？”“当然了，soireé（聚会）就是指每个人都带点好吃的然后大伙凑在一起玩。走吧，趁超市还没关门我们去买点东西。”他替我挑了瓶三欧左右的白葡萄酒，眨眨眼对我说：“这个价格差不多了，聚会上没人会在意你带的是不是值钱货。”他想了想，又对我说，“不过也不能太离谱，你知道上次聚会那几个韩国女生带了什么来？是方便面！天啦，我们当时都不知道说什么好。”

这里的冬天经常下雪，有回课间休息，我用耳机听歌，对着窗外白茫茫的景色发呆，他拍了下我的后背，走到我面前来。“你在干什么呢。”“我在听中文歌。”我扯下一只耳塞答道。“什么歌？我也要听。”他自己拿起耳塞，听了一会儿，“好像是很悲伤的歌，我听不懂。”我试着用法语解释，“这首歌叫《邮差》，里面歌词说，你是雪，我是街道，太阳一出来就会彼此分开，意思是说相爱时间非常短。你是一封信，我是邮差，就是说你经过我，但不是我的。”我觉得我解释得烂透了，“你听得懂我在说什么吗？”他看着楼下的操场，有几个学生在雪地里嬉闹，留着歪歪扭扭的脚印。歌曲播完后他转过来说：“这首歌真美，你回去后能把这首歌发给我吗？”

里昂每年12月都会举行灯光节，届时整座城市被灯火装点起来，一直到山顶的圣母大教堂。而圣埃蒂安离里昂约五十分钟车程，有学生在学校的布告栏里发布拼车信息，当晚去当晚回。他说：“我给你报了名，我们一起去吧。”

那一晚的里昂就是一场夜的盛宴。街道上除了安装上不同设计师的造型各异的灯具外，在几个著名的景点，设计团队还根据不同的建筑物量体裁衣，设计出不同主题的短片投影在建筑体上。比如老里昂的圣琼主座堂，他们设计了一双巨大的手直接在教堂墙面作画，再现当初建这个教堂的壮观景象。12月的里昂已经很冷，我跟Domenico一边喝着街边买的两欧一杯的热红酒，一边爬山去山顶看城市的全景。从山顶往下望，整个城市星光点缀，像是摊开一张有魔法的卷轴，不停变换着各色光影。他非常激动，胡乱指着远方说：“快看那儿，我在梦里都没见过这样美的景象。”下山时他建议走一条偏僻的小道，进去后发觉岔路非常多。刚开始我们老在山里绕，我有点怕。他看来非常轻松，一直在说些无聊的笑话。走了半个多小时后，终于看到其他的行人我才松了一口气。后来他说当时他也很怕，可担心我才不停地说笑话分散我的注意力。

新年我们班在语法课老师家聚会。老头儿要求每个人都要带自己国家的特色菜。我做了糯米球，又炸了些春卷。Domenico 来晚了，他道歉说因为从郊区的学校过来的公车罢工了，他走了好久才走到家。大家问他带什么来了，他难为情地拿出一个盒子，说头一次做提拉米苏，估计是放在冰箱的时间不够，蛋糕没成型，有点丑。马上他又恢复了自信满满的神情，说可是味道真的很好。他一边说着一边切起来，把最好看的部分递给我。我吃了一口，对他竖起大拇指，“你是天才小糕点师。”

散场时已经很晚，电车也没了。大伙热情夸张地反复做贴面礼拥抱告别，心里都明白这是我们第一个也是最后一个新年聚会，马上彼此就要各奔前程了。我跟 Domenico 走在没有人的街道上，雪已经停了，上面留下脏兮兮的脚印跟各种轮胎的花纹。他喝得有点多，脸红扑扑的，走着走着就把围巾摘下说好热啊。我说：“你小心点，不要感冒。”他说：“Pano，我把你拍的照片给我父亲看，他说你很有天赋。”“真的吗？”我吓一跳，“不是客套吧。”“当然是真的，要知道我爸爸很少夸人。”他回过头，有点担心地对我说，“其实我偷偷地把那些图传到 Facebook 上，但我有注明是你拍的，你不会生气吧？”“不会啦，嘿嘿。”他如释重负般地松了一口气。

“你下面有什么打算呢？”“准备报名 × × 省的美院，我要开始准备作品了。”“这里的美院也很好啊，你干吗要走？”“这个美院是以工业设计为主，我想读的是摄影，是画画。”“哦……”他叹了一口气，“那你有空要回来看我啊。”“肯定的，我们是最好的朋友嘛。”他像个小孩一样傻笑起来，看着自己的脚步，一边走一边念，“Domenico 是 Pano 最好的朋友，Pano 也是 Domenico 最好的朋友。”

到了我家楼下，我对他说晚安明天见啊，就开门准备上去。“Pano！”他忽然喊我名字。我一回头，他就凑过来轻轻碰了下我的嘴唇，“新年快乐。”我愣住了，不知该如何反应，内心一直跟自己说要冷静。我整理了下思绪，说：“我知道在法国，或许你们的国家也是，朋友间亲吻是一件没什么了不起的事，但我是一个亚洲人，我不能够接受，我不希望有下次。”然后转身直接关门上楼。

往后的日子，我跟他渐渐保持起距离，下课也多跟其他的中国人一起回去。下学期他报的是一周上两节的兴趣班，就更没有了交集。有回在走廊碰到，彼此都不知道说些什么好。

这已经是三年前的事。前几日在 Facebook 上碰见他，他说他要结婚了，我由衷地替他感到开心。他问你还在法国吗？我说嗯，我在马赛，我还可能要出书。他回复说真的吗？书在法国可以买到吗？我说当然不行啦，要是我拿到的话，我送一本给你。我说明天还有课先去睡了，祝你幸福，然后就关机下线。几日后重新打开时，收到他的留言：

圣埃蒂安又开始下雪了，你那里冬天很暖和吧。每次下雪时，我一个人走在路上就会想起你，会学你的样子戴着耳机听那首歌。

你还记得那首歌吗？

再见，少年

邢燕

邢燕

上海最世文化发展有限公司签约作者

感受到的，记录下的，就是我以为的真实

代表作品：《再见，少年》《我和这世界上所有的梅花》

我昨天晚上梦见你了。我们突然出现在游乐场的旋转木马上，你坐在后面，流动的灯光在你脸上留下华丽的变幻，比这更耀眼的是你的笑容。木马转了一圈后你从包里掏出个袋子递给我，里面是装得满满当当、雪白的奶油都要溢出来的泡芙。

“吃啊。”你的手又近了些。

当我反应过来你讨厌甜食到了不可救药的地步，也根本不可能去游乐场时就醒过来了，果然是梦。窗外被云遮挡的月亮如同一只冰冷的眼睛，我和它对视了一阵儿终于败了下来，甚至因为害怕特意下床拉紧窗帘。

当时第一个念头是打电话给你。如果我真的打了，你会接听吗？

一

“怎么突然不说话了？”

“啊？哦，我在吃。”元宁的手一抖，勺子敲在碗沿发出声脆响，打破了原本凝固的气氛。她抬头敷衍地笑了一下，笑的弧度很浅。

“你这次找我是有什么事吗？”对面的男人小心翼翼地放下筷子，抱着胳膊后仰，紧贴住椅子。

“你怎么开始吃甜食了？”元宁的视线落在他吃了一半的杏仁豆腐

上，“你以前——”

“没什么，就是想吃了。”对方抢着把话题按熄。

一时间两人又没话可说了。热闹的餐厅里好像只有他们这一桌是安静的，周围聚餐的上班族、有说有笑的一家子、亲密的情侣们形成强势的气压，把他们的空间压缩又压缩。元宁盯着男人身后，每当有人进来门就会“叮”的一声，至今响了四十二遍，她还是没酝酿好妥协认错求和好的语气。

“要是没什么事的话我就先走了，加班偷跑出来的。”他斯文地擦擦嘴角，站起身准备埋单。

“你要好好爱惜身子啊，千万不要生病了。”

泪眼迷蒙中元宁的男友，应该说是前男友又缓缓坐下，看不清他是什么表情。

“元宁。”至少语气比刚才温柔了不少，“你试着自己向前走走，不要再想过去了吧。”

“外面要下雨，你带伞了吗？”来之前做了三天心理准备的女生此刻只能狼狈地胡抹几下脸颊，怕被人看到她哭的丑样，“我先走了，不然一会儿不好打车。”

外面的路灯约好似的依次亮起来，撑起阴沉的天空，长得茂盛的梧桐树已经在悄然而至的大风中摇晃，眼看一场暴雨就要到来。

“不是说好再也不去找他了吗？你怎么又犯……规了。”

元宁一口气把今天的事情跟姐姐讲完，电话那头却是长达十几秒的空白，接踵而至的就是这句略显无情的话，顺着电波几乎能触到她紧锁的眉头。

“我怕隔得久了就忘了他长什么样了，姐——”元宁本想再诉诉苦，可忽然被抽离出来看清楚此刻的自己是多么矫情又啰唆，就没了再说下去的兴致，“没事，以后我不会再干这种蠢事了，我保证。”

“那你好好照顾自己，一会儿有大暴雨，你把门窗都关好。还有老妈死党的儿子今天应该到了，她安排你收留——”

正说着一道闪电落在前面的楼上，接着密密麻麻的雷声结实地落到地上。元宁下意识地想找个地方躲避，却一下摔倒在垃圾堆里。手忙脚乱地摸索手机时抓到一截胳膊似的东西，要仔细分辨时一道闪电又亮起，替她照亮要看清的目标——真真正正的人，有温度，不是硬邦邦的塑料，穿着牛仔裤的瘦削的腿突兀地探出来，初步看来是个男性。

“妈呀！”刚找到的手机被扔了好远。要先报警还是呼救？雨点开始噼里啪啦落下砸在脸上。还是先晕倒一下？元宁捂住鼻子，才意识到自己还陷在被小区居民诟病许久的垃圾堆，周围弥漫着雨水都冲刷不掉的酸味。

还好能听到电话里姐姐的呼喊声，她把手机攥在手里准备叫她报警时，陷在一堆报纸酒瓶中的“尸体”却动了，可是挣扎了好几次还是没能坐起来。

“救命……”

听到微弱如猫叫的呼救声，经历了从“撞到尸体”到“那人需要帮助”这样大起大落的转换后，元宁下意识地想把这个神秘的“东西”藏起来，就像小时候总要冒着被姐姐告密的风险把野猫的小崽带回家喂养一样，心里某个很不相干的地方忽然冒着泡塌陷进去一角。

她挽起右手袖子，把覆盖在上面的垃圾袋统统拿开。

大雨中看起来只有十四五岁的男孩顶着一头乱糟糟的黑发，睁大眼睛盯着元宁，虽然面无表情，眼神里却好像流动着清冽得能割伤喉咙的水。

“姐姐？”他试探着叫了一声。

“怎么啦小宁？你别吓我？”电话那头姐姐还在着急地叫她。

“没事，刚才倒在垃圾堆里了。还有，我的客人好像已经到了。过两天再和你说。”

“能走路吗？”元宁站起来对他伸出手，“虽然你是个孩子，不过我拖不动你啊。”

身后不知哪里又响起小猫的叫声，声音渐行渐远，把大雨声又推到眼前。

二

整整一个晚上像是有人在元宁的脑子里洗扑克牌，昏睡和清醒不断交叉着。再一次睁开眼天终于亮了。她爬起来走到门口，看看沙发，昨晚的事果然不是梦。整件事情奇妙到她险些以为又一个“宠物情人”的故事马上要上演了。被她捡回家的少年还蜷缩在垫子上，给他的毛巾被堆在地上，露出半截怎么看都觉得别扭的身子——别扭的是那套压箱底的大学时代的运动服，印着校名与校徽的土气款式竟然在十年后散发着一种“我复古得恰到好处”的气场，说来时间真是微妙的东西。

看着这个应该是母亲大人下了死命令让她好好照顾的男孩，元宁悄悄反省，虽然年轻是甜美诱人的东西，可口味再重也不能指望这连自己一半年龄都没有的孩子是上天赐给她的恋人——不叫她阿姨都算口下饶人了。想到这儿她忍不住叹了口气，没想到目光一转就看到男孩不知什么时候睁开了眼睛。

“早。”她有点不自在，揉揉头发。

男孩默不作声地挪开视线盯着头顶的吊灯，接着又缓缓闭上眼睛。

得，得。

“吃完早饭我带你出去逛逛，你之前来过这里吗？最近打算干什么呀？有什么我可以帮忙的尽管说。”元宁忙着把快速早餐摆在桌上招呼小客人。正要入座的少年听到这句话却停住拉开椅子的手，跑去阳台拿昨天换洗掉的衣服。

又脏又皱的钞票摊了一桌子，面包牛奶瑟缩在钱的海洋里不知道是该被谁吃掉。

“我请你去外面吃吧。”他说话利索了不少，可不知道为什么语调还是怪怪的。昨晚元宁拷问他为何躺在垃圾堆里等她的时候少年一副“我不知道怎么说话”的样子，最后只好悻悻作罢。

“为什么？”元宁愕然。

“安慰你啊。”叫奈的男孩歪头想了一下，然后有些腼腆地笑了，“昨晚听见你哭了，喂，是因为失恋了吧。”

坐在去博物馆的公车上，元宁还在仔细思量自己和这意气风发的孩子之间隔了几个代沟，到底是什么差距导致了元宁这一辈遇到感情问题时虽坦率但也懂得不该问的不问，而他却直白犀利得很坦然。

奈一上车就在乘客里四处张望，期间还让一个年轻人站起来给老太太让座，在大家的目光中磊落得漂亮，反倒是身边的元宁扭捏起来。

中途一群初中生上车了，车厢里浮躁压抑的气氛顿时轻松了些。几个学生打打闹闹笑个不停，大声聊着学校的八卦。过了一站空出个座位，其中一个短发大眼睛的女孩坐下，其他人都把书包卸下来扔在她腿上。

“沉死啦！”她大声嚷嚷。

一直不太爱说话的戴眼镜的男孩不动声色地站到她身边，把她和拥挤的人群隔开，但也没有把他的书包拿起来。虽是和同学有一搭没一搭地说笑着，抓着车座的左手却时不时颇为宠溺地拍拍那个女孩的头。个子很高，却像是被匆忙拉长的小孩，身体远没有长结实。

穿过隧道的时候，女孩悄悄回握了一下他的手，在光亮即将到来的时候又迅速把手收回去。

其他人仍旧聊着天，没有人注意到他们悄悄红了的脸。

“真好啊。”此时的奈却有些老成地感慨了一句。

“有什么了不起的。”元宁无限心酸地看着远处生气勃勃的他们，“这种事情，我也曾经历过。”

三

“喂喂，现在开始试音。”为员工培训会做准备的主管用他引以为豪的男中音不停地蹂躏话筒的时候，正将水摆在主席台的元宁忽地愣住了。刚才听到的话好像是个咒语，打开了通往另一个时空的门。

“喂喂，现在开始试音。”台上男生站在聚光灯下，影子长长地延进幕布里，“欢迎光临七中毕业典礼彩排现场，我是这所学校唯一的台柱陆嘉元，括号，不分性别。”

元宁弯腰再确认一遍嘉宾席的名字有无贴错，听到社团里的几个女生被陆嘉元的调侃逗得前仰后合，不以为然地撇了下嘴。说来说去只有那么几个梗，弄到最后只能靠脸博好感。

一切都准备完毕后大家互相道晚安就离开了，作为社长的元宁还要把所有的安排再检查一遍才能回家。座位没问题，气球没问题，彩喷都齐了，排查中舞台上的灯冷不防地又亮了。

“喂，元宁，要是我给公司起名字，就叫陆嘉元宁。”早就背起书包撤退的男生竟然神不知鬼不觉地潜回来，此刻正坐在台上晃着两条长腿，“听起来是不是很有杜班嘉纳那种大牌感？”

“才怪。”她不满陆嘉元的袖手旁观，一肚子怨气。

“工作永远做不完，过来休息一会儿。”他一脸“我都懂”的表情，逆着光对元宁伸出手，“没关系的，剩下的我帮你做。”

“小元啊。”主管站在台上插着腰，“快把水摆好，一会儿再去洗点水果。”

“嗯，知道了。”被拉回现实的元宁加快速度，被他临时抓包从早上到现在一直被指挥得团团转，她彻底明白了什么叫“忙得像只陀螺”。

终于可以在茶水间喘口气的时候奈的短信又来了。她要求他每天必须在固定时间汇报行程，不然出了什么差错她的母上一定第一个撕了她。

“去你的母校了，美女没看到几个，倒是有很多很帅气的老教授。^_^”

看到最后的表情符号时她忍不出笑出声来，到底还是个孩子。

“元宁，又谈恋爱了呀？”销售部的同事正巧拿着杯子走进来，看她眉开眼笑的样子忍不住调侃一句。

“哪儿跟哪儿啊？”元宁没回短信就把手机收进口袋，“我去干活了。”

“这么快……”

走出门听到后面的议论声，她的心一紧。知道他们又要议论她的感情逸事了。怪只怪自己半年前发的那次疯，在上班时看到大学同学发的婚礼照片就哭了。同事们这才知道她和谈了很久恋爱的男友分手了，以为是同学这么快结婚刺激了她，也不敢多问什么，只有个阿姨辈的同事过来拍拍她肩膀，说会介绍好青年给她。

谁也不知道她哭是因为新郎是陆嘉元的死党，高中的时候大家一起上学放学，还约好了以后陆嘉元当伴郎她做伴娘。里面有张照片是婚礼前试妆时西装革履的陆嘉元，他在里面笑得腼腆又那么好看，她却被大家集体善意地过滤掉了——照片里全是熟悉的人，没一个跟她提过这件事。

“也好啊，省了一份大礼。”姐姐后来轻描淡写地安慰她。

她却还是在周末上街挑了份礼物给他们寄过去，又在一个清晨接到新郎不住道歉赔罪的电话。

图什么呢？

可能只是不甘心而已。

四

拖着脚回到家元宁险些要怀疑自己是不是走错了门。门窗地板都被擦得干干净净的，连抽油烟机都被清理了。奈穿着围裙站在门口，有些扭捏地搓着手。

“干吗这么客气？我还以为我有了个田螺姑娘，不对，田螺汉子，呃，还是田螺人吧……”她想找罐啤酒喝，趿着脚走进厨房，奈也跟进来。

“那个，姐，不好意思，我把啤酒都拿去给流浪汉了。”

“哈？为什么？”说话间元宁打开冰箱，里面装满了雪碧，四排绿色的士兵颇为壮观的列阵等着她检阅，除此之外什么都没有，看来他还扔掉了她的酸奶、速食乌冬面、半盒奶酪，还有没吃完的巧克力。矿泉水被移出来放在冰箱旁边的纸箱里。

“都给流浪汉了？”

“喂猫了。”这次他倒是理直气壮起来，“我替它们谢谢你。”

“电视机是家里绝无仅有不会向主人默默吐露温情的电器？”元宁坐在饭桌前打开一罐雪碧。

“无论什么时候打开都自顾自地演着节目，不会为你停留不会冲你发脾气，这样还不是自说自话吗？”

“那你怎么看待空调洗衣机？”

听到元宁带着无奈和好笑的调侃，奈搔搔后脑勺，“没想好。”

“那和雪碧有什么关系啊？”

“雪碧是夏天和电视机最相称的饮料啊。用拉开雪碧拉环的方式庆祝夏天开幕岂不是很妙吗？一面敞着冰箱门让自己凉快些，一面咕咚咕咚把汽水灌进喉咙，然后拿着剩下的去看属于夏天的电视节目。雪碧 1961 年被推出，电视机是 1925 年，中间三十六年的夏天没有雪碧陪着看电视多无趣，姐，你知道可口可乐什么时候被发明出来的吗？”

说着说着奈却发现元宁脸色不对，音调越来越低了。

“1886 年 5 月 8 日。”

“这么厉害，连这都记得一清二楚！”

“因为以前有人说过和你一模一样的话，说可乐是夏天看电视的必备良品，说中间隔了三十九年多么可惜，真巧啊。”

她苦笑了一下，举起罐子，“干杯，为雪碧为可乐为电视机，为失恋为还没忘干净的前男友。”

晚上的庆功宴上她就喝醉了，一罐雪碧下肚忽然像被卷进烂醉的龙卷风里。她呵呵傻笑着拿出手机递给奈，“喏，给我打电话给陆嘉元，问他为什么要和我分手，快点。”

忘了电话有没有打通，清醒过来的时候已经是半夜。奈好像怕她被冻死，把家里所有的被子都盖在她身上。元宁悄悄起身拉开窗帘，外面是好一轮月亮，月光无限温柔地填满了黑夜城市里的每一道缝隙。

刚才在梦里她拎着水壶走在大学校园里，跟陆嘉元吵了一架，她赌气说要分手。陆嘉元耸耸肩膀转身就走，她一心急小跑着要追他却摔倒了，水碎了一地，她不管不顾站起来拎着两个破壶走得更急，身后的路就像童话里被遗弃在森林里的姐弟俩洒下面包屑的小径。

陆嘉元其实就在转弯的地方等着她。看她鞋都湿了一脸狼狈相，连忙蹲下来看她有没有被烫伤。

“都说分手了还管我干吗？”见了面嘴反倒硬起来。

“就因为不想听你说气话才走，下次别跑这么急了，我不会真走的。”蹲着的陆嘉元轻轻地说。

对着月亮发誓？对着灯发誓？对神发誓？

月亮还在，远处还有无眠的灯火，更远处的海面上有灯塔的光一闪一闪，至于神，可能真的记下他的誓言了呢？可是不见的还是会消失，百般思念也回不来了。

她望着月亮又躺回床上，门外隐约有电视的声音，本想等着听奈打开下一罐雪碧时按下拉环的声音，可是过了许久都没有动静，也许他蜷在沙发上睡着了。

他在半夜醒来也会想起喜欢的人吗？元宁忽然有些好奇。

五

治疗失恋的最佳方法是开展一段新的恋情，这是真理。可颇让元宁吃不消的是远在另一个省的父母和姐姐竟然辗转托了几个人在这里给她介绍男友。

对面的精英男正诉说自己的上一段恋情，要掌握好“自己是个好男人，很重感情”和“我已放下不会受影响”之间的平衡着实不易，他已经做得很好。可元宁反而对他辞职后再创业的种种苦难感兴趣，追着问了好几个问题。聊到两个人都哈哈大笑的时候，原本横亘在他们之间的礼貌疏离终于化解了。

“你知道治疗失恋最好的方法是什么吗？”他聊得尽兴放下矜持，“找个能让你开心的人，轻轻松松地谈场小恋爱。”言下之意是对以结婚为前提的相亲十分排斥。

“是啊是啊，完全同意。”看到奈推开咖啡厅的门走进来，元宁连忙站起来，“让我开心的人来了。”

对方看到漂亮得带些稚气的奈，果然瞠目结舌地呆住了。

“下次再聊，拜拜！”她神气地拿着包走过去挎住奈的胳膊，临走还冲精英男挥挥手。

“那么着急叫我出来就是为了这个啊？”奈有些好笑。

“好玩嘛。”元宁笑嘻嘻的，好久没有这么开心了，“走，带你去吃冰激凌。”

“免了，一提甜食我就想吐。”男生一副见到毒蛇猛兽的表情。

元宁把手抽出来，“那明天去游乐场？这里的游乐场很好玩的，非常大。”

“你已经踩中我的两处死穴了，要是猜对第三次我建议你去买彩票，一定能中。”

元宁此刻的表情僵住了，“最害怕的动物是……刺猬？”

看到男生夸张地捂住脸一副中枪的样子，她的心忽然被剪断，沉进水底。

地铁还没到高峰期，座位稀稀拉拉地空出许多。对面坐了几个上了年纪的人，有个脸色灰暗的女人一直死盯着元宁，过了一会儿竟然把手伸进衣领，可能是在搓脖子上的灰，可又活像个巫婆把手藏起来，暗地里捻个咒要诅咒谁。

元宁有点害怕，正犹豫要不要先下去时车到站了，那女人站起身走出去。她暗暗地松口气。

“怎么了？”见她神色有些不对，奈摘掉耳机凑过来。

你从哪儿来？你到底是谁啊？为什么有时候你跟他一模一样？

元宁看着奈的脸，心里有一大堆问题。

地铁开始运行，穿过黑魆魆的地下，带起了一阵风。

六

分手后元宁花了两个周末清理陆嘉元的东西，该扔的扔掉，该送的送走。所有痕迹清空后她的世界空旷干净了不少，一个人呼吸的时候都会带起巨大的回音。原本被他占据的空间留下来了，那些本该是打电话、发短信、等待的时间全部被腾出来，空白又孤单。可她已经失去了再用它们的力气和勇气。

她试过大醉过，大哭过，胡闹过，深更半夜给别人打电话更是常有的事，直到把自己本就不太多的人品全用光了都不愿清醒。她知道这样做不对，可是想着“人生能有几次这样的失恋，吞掉所有学生时光的初恋就这么没了”，就忍不住任性起来。

我失恋，我伤心，我难受，我的伤口迟迟不肯愈合，怎样？她矫情地将这句话放在QQ状态栏里很长时间不换。

接着就是反思恋爱中自己犯的每一个错误，再然后替他寻了千百种理由，没给自己留一条后路。

就在她渐渐失去再兴风作浪的力气的时候，奈又出现了，他像个扯线木偶，顺着哪一根丝线摸索回去，都会触到属于陆嘉元的温度。

还是每个少年都是这样？

坐着地铁奔驰的时候一个念头忽然骑着马追上她，不由分说地跳进她的脑海。

她高二的时候画过一本漫画，以日记的形式将她和陆嘉元每天有趣的事情都画下来了。不过主人公的样貌和名字都稍微改动了一些，是出于“将现实太精准地画在纸上总感觉不祥”这样的迷信心理。

男主角十四岁，黑发，瘦但是并不是太高，幼稚又温柔。陆嘉元跟元宁争辩说“幼稚”这项跟他完全不能搭边，却一边掏出一角印着小熊的便当盒，被她笑了许久。

画册完成时他煞有介事地举办了个“封笔仪式”，念咒语般对画册唠叨了很多遍：“喂，小子，要是和女主角结婚了一定要变成人来告诉我们一下呀，我们比比谁更早。”

元宁意识到也许她的人生中出现了不可思议之事。又在之后的半截路上拼命说服自己接受这奇遇，毕竟没什么好怕的，不过要解释自己为什么没能和陆嘉元在一起了。

“你是谁？从哪儿来？”站在小区门口元宁终于问出口，没想到奈像是听到了史上最好笑的笑话，笑得直不起腰。

“‘你是谁，从哪儿来，到哪儿去’，这种哲学的问题我以为只有小区保安才会问呢。”解释完他又是一阵狂笑，让严阵以待的元宁不禁泄了气。

“你叫元宁，二十七岁，在这儿买了房子刚还了两年房贷，刚出生的时候足有八斤重，割过阑尾，有花粉过敏症……”奈兴冲冲地数着关于元宁的小故事，“我妈总带我去你家做客，这些故事我都听阿姨讲了无数遍了。哦对，我还在你的房间里玩过游戏机，原来‘超级玛丽’还挺好玩的，不过我更爱‘魂斗罗’和‘淘金者’，还把你的纪录都破了。”

“你不是特意来找我的？”元宁还是要确认一下。

男孩在夜风里点点头，“是啊，前一阵我闹着要和移民的女友一起出国，我妈把我赶出来投奔你。”

“你才多大啊就有山盟海誓的女朋友……”

“十四岁啊。”他又露出坦然又一本正经的表情。

“你不认识陆嘉元？你确定？”

奈的眼睛却在一瞬间暗淡下来，他走过来拉住元宁的手。

“姐，我们上楼吧。”

“等一下！你这样是说你认识他？”

“元宁姐。”奈挣扎着张了几次口才把话说出口。

“阿姨跟我说过，他已经出车祸死了。”

七

在 iPhone 沦为街机之前，元宁又把手机换回诺基亚基本款，把陆嘉元送的用了不到三个月的手机束之高阁，想起来的时候才会拿出来开机，把以对话形式展现的短信仔仔细细再看一遍。

“我去吃饭啦，公司里竟然没有人喝可乐，简直匪夷所思……”

“堵在高速路上了，我想上厕所。睡了没睡了没睡了没睡了没？算了不要回了，赶紧睡觉吧。”

“伴郎伴娘试衣服你竟然不能来……他们说婚礼那天一定好好折磨你，悄悄说一句，我觉得我比新郎帅，嘿嘿。”

以及更多没什么意义的“嗯”“哦”“好”，要追溯自己的时间到底在什么样的出口涌向虚无的海洋，答案全在这里。

陆嘉元的最后一条短信是：“上车啦，你妈给我装了好多好吃的。最近不知为什么总觉得难受，很想睡觉，很累很累。”

她回复的是：“工作不开心吗？辞职吧，我养你，一会儿见！”

她怀着对升职面谈的信心发了这条短信，然后把手机调成静音，走进憧憬很久的办公室。要追溯她的生活什么时候被撕裂崩溃，答案在这里。

元宁一直回避任何与陆嘉元出事有关的消息，每当有人张口试图对她解释的时候，立刻有个保护罩罩住她的头，那些话统统从身边流过，没有一个字被她听进去。她只要记得他走得很安静就好，他只是走着走着累了，坐在路边试图休息一会儿，却不小心翻过身摔倒进入另一个世界的金灿灿的麦田里。

每一次看着短信里刺眼的“我爱你”“快结婚吧”“我爱你”“我爱你”“我爱你”，她想，只要记得自己失恋了就够了，宁愿觉得是陆嘉元把她甩了，只要他还好好活在某个不为人知的角落就好。

真的，她可以不要隽永的爱情，她只要活着的陆嘉元。

“元宁姐，元宁姐！”

听到呼唤声，元宁慢慢从蓝得极安静的海里醒来，紧接着有谁用力拔掉掌管这世界上所有海洋的塞子，水雾时间消退，剩下她坐在被月光漂白的沙滩上。

“我们在海边？”她甚至试图抹掉脸颊上的海水，什么都没有。

“你吓死我了，这是你家楼下啊！”奈急得脸通红，“对不起，我不该提——”

“快扶我起来，垃圾堆的味道臭死了。”她没好气地向奈伸出手。

“男孩子都是你们这样吗？十几年甚至几十年几百年都没怎么变过？”

上楼的时候元宁跟在后头，看恢复活力的奈蹦跳着唤醒声控灯，还是觉得他是陆嘉元的幻影。

“也许，可是我们谁都不在乎。”

奈三步并两步又跑上一层楼，然后轻巧一跃，头顶昏暗的空气再一次被光明劈开。

“喂，你要开学了吧？回去能面对没有女朋友的学校吗？”终于想起要负担起说服少年的重任。

灯下奈转过头摆出个“OK”的手势，对元宁露出只属于十四岁少年的明朗笑容，闻起来就像刚从井水里拿出来被一刀剖开的西瓜。

“也许不能，不过我不会太在乎。”他把笑容调到“狡黠”档，“可以享受异地恋嘛。”

他只是奈而已，终于可以确认了。上大学时她和陆嘉元一个城南一个城北，每次见面要挤三小时的公车地铁，可是几乎每隔一天，陆嘉元都会准时出现在元宁面前。

“元宁姐，你真的是一个很酷的人。”临别时背着元宁送的包，奈执意要和她拥抱一下。

“拜拜啦，我的一秒钟宠物。”

“哈？”

又一个代沟在两人之间裂开了。

“没什么，最后再确认一遍，你真的是真人？”

“拜托，你都给我妈和你妈打了不下十个电话，还把我的身份证复印了，我——”

“好了好了，当我没问，准备进去吧，飞机上不要喝太多雪碧。”

“下次可以再收留我吗？”

“当然。”怎么说也一起住了几个星期，元宁不敢再显露太多情绪，只是一个劲儿地推奈过安检。

“再见。”

她没说话只是挥挥手，目送他离开。

八

虽然在电话里百般推辞，可是一旦答应见面，他甚至还早到了十分钟。

元宁推开玻璃门，刚好与他听到门上风铃的声音抬头投过来的视线撞上。

其实他和陆嘉元长得一点都不像，只是接纳了他的心脏普普通通地在这个世界上活着而已。

看他仍是一副谨慎戒备的表情，元宁带着歉意向他欠身，“这次是特意向您道歉的，实在不该如此荒唐，把您当成我前男友。”

“哪里，是我当初鲁莽了，不应该偷听医生谈话找到捐赠者家属道谢，打扰了你们的生活，对不起。”一时间他也客气起来。

“它还听话？”

“嗯。”听出了这是最后一次见面的意味，对方也拼了命地想让元宁安心，“连睡觉的时候都能感觉到它在跳动，很有力很健康。”

那为什么拥有它的人却不在了呢？

不过元宁已不会再为难这个根本不会与之产生任何交集的陌生人。她把视线转向窗外，熙熙攘攘的街道上，有那么多人鲜活地存在着，有更多的人在这世界上留下了存在的气息。

远处十字路口的榕树下站着个消瘦少年，从容不迫地拿着一把黑伞，仿佛就等待着一会儿消失在细密的雨丝里，在人群中遁于无形。他自始至终没有笑一下，却好像凝望着元宁的眼睛等了很久。

就在元宁以为那是陆嘉元回来看她，险些冲出去的时候，一个穿着白色泡泡袜的女生跳到少年身边，拉起他的手。两人顿时变得和其他任何行人无异，转瞬就消失在茫茫人海。

“先生，您失恋过吗？”

她没有等对方回答，自顾自地说下去。

“就好像我们在路边聊着天，喝啤酒，说着说着，突然发现对他的喜欢消失了，好像谁无意中打开门，小狗就从门缝中偷跑出去，随着一阵风刮过身边，融化在外面刺眼的光线里？有时候我真想失恋啊。”

没有人回应她，她还是回到了手握一捧“我爱你”的余烬却无法幸福的世界里，她的少年出走之后就没有回来过。

然后，就真的下雨了。

爱的最终回

卢丽莉

卢丽莉

上海最世文化发展有限公司签约作者

“她起码坚持自我地，写到了最后”

已出版作品：《直到最后一句》《蔷薇求救讯号》《骑誓 · 蔷薇骑士的焚梦书》《我在梦见你》

一

在很多时候，我们会呆坐在电影院里，电脑前，电视机前。

茫然而又激动地看着字幕慢慢地浮现出来。混浊的光线里，是我们迟迟不想接受的“全剧终”。

我们要在很久很久之后，才舍得从座椅上站起来，或者把鼠标点击播放窗口右上的那个小叉，或者摸到遥控器，换到另外一个频道。

真的要过很久之后，僵硬的身体才会缓慢地恢复过来。

因为无论如何，我们也要开始新的人生。

二

现在已经很难想起是从什么时候开始，他会在电话里频繁地使用“你还有没有什么事”“最近很忙啊，累得半死”“那就这样吧”“我先睡了，挂了哈”这样的语句。因为担心他的身体，怕真是繁忙的工作压得他喘不过气来，连睡眠也变得稀少，于是在很长一段时间里，都忍住没有打电话给他。然后有一天晚上，白天在工作上遇到了很不愉快的事，委屈得想哭，拿起手机把电话簿翻来翻去，好几次想按下拨号键，但因为已经很晚了，想来想去还是没有按下去。

可是睡不着，就爬起来听歌，听到耳机里非常年轻的声音很高兴地唱着“想要见到你，可以拥抱你，你的体温，你的空气，你就可以出现在我梦里”，眼泪就控制不住掉了下来。朦胧中摸出了床边的手机，已经顾不得是半夜两三点的时间，慌张地，几乎是急切地按下了那个早已烂熟于心的号码。然后——

“您所拨打的电话正在通话中，请稍后再拨。”

您所拨打的电话正在通话中。

跟好友尤英说起他最近的变化，说到最后仿佛失去了一贯的理智与头脑，有点不知所措地说“我不知道他为什么会变成这样”“我该怎么办才好”。尤英喝了一口咖啡，犹豫了一会儿，然后神情复杂地说：“我听说吧……”

“嗯？”

“我听说……你家杜子松好像跟别的女人在一起了。”

三

10月，夏末转秋，天气开始变凉，可咖啡厅的空调还是按照夏天的模式，无声地运转出沁人的凉度。江郁搓了搓指尖，一片冰凉，于是慢慢靠近了冒着热气的咖啡杯。然后听见对面的尤英问了句：“那你还爱他吗？”

四

狮子座流星雨那一年，江郁跟杜子松通宵在白云山顶等着看流星，可等到大半夜却什么都没有，人们骂骂咧咧着“死天气预报尽耍人”就逐个离去。江郁等了一个晚上却什么都没等来也觉得很灰心，就收拾着东西准备跟杜子松一起下山。却突然听见有谁喊了声“你看”，本能地抬起头来，看见一颗流星迅速地从天空划过，一个错愕间，掉落进未知的远方，竟来不及许愿。

——那晚之后我们没有再看到流星，接下来的好几晚也没有。我们终于没有机会许愿。

——那一年我们留不住的那颗流星，在六年后成为我们留不住的爱情。

五

尤英再打电话来约江郁出去已经是两天后的事了，一见面尤英就按着她的肩膀说："江郁你要冷静地听我讲"。

江郁点了点头，尤英就略为安心地坐下来。

"我查过了，那女的是杜子松公司里的同事，他们在一起听说已经……已经有一年半了。那么……"尤英顿了顿，"如果你还爱他的话，你就要想办法把他抢回自己身边。"

"我要怎么做？"

"杜子松跟你在一起多久了？七年？八年？"

"已经九年了。"

"就是啦，他跟你在一起这么久了，不可能一点感情都没有吧？无论他之前怎么疏远你也好，但他跟那个女的在一起一年半都没有跟你提出分手，就证明了这点。所以我觉得你们之间应该还是有挽回的余地的。"

"……"

"你懂吗？利用他对你的感情，这就是你最大的武器。你要告诉他你很爱他，你要让他知道没有他你就活不下去，总之你要让他觉得你很弱，很需要他的保护。杜子松是一个很容易心软的人，他看到你这样，他的良心就不会容许他离开你，到时……"

"如果他对我已经没有感情了呢？"

"他对你没有感情？怎么可能！……即使真的没有感情也好，你去哭，去闹，去缠着他，不让他再跟那个狐狸精在一起。相信我，男人很难抵抗一个跟自己相爱了这么久的女人做这种事的，他肯定会放弃那个狐狸精，她斗不过你的！”

“……”

“相信我！”尤英握住她的手，“这种事你不会比我更懂的！”

“……嗯。”

六

她开始打电话给他，但每一次刚按下拨号键就匆匆挂断。她去郊区的市场，搭了十几站车买到正宗的农家土鸡，炖鸡汤给他喝。她好几次这样做，把鸡汤拿到他公司楼下，站在楼下，抬头望着他公司所在的楼层，看着人们一个一个地经过她，车子一辆一辆地开过，直到汹涌的下班人潮把她淹没，最后顺着原路返回。她开始翻看以前的相簿，看他写给她的信件，把他送给她的礼物一件一件地摆放出来。她躺在床上，盯着惨白的手机屏幕，一遍又一遍对自己默念他讲过的笑话，一直到手机没电，却依旧没有一次来自他的铃声响起。

于是她开始给他写信，一封又一封，用年少时用过的漂亮信纸，叠成漂亮的心形，放进画了很多图案的信封里，每天一大早就投进他家楼下的信箱里，然后在某一天看到那些信原封不动地出现在自己的信箱里。

她甚至拜托别人查出那个女人的号码，打过去，劈头盖脸就是一句

“你要不要脸？抢别人的男朋友你要不要脸”，见对方沉默，她就把尤英教给她的那套如数搬了出来，怎么贱怎么伤人怎么骂，“你是不是上辈子没见过男人”“看你那一脸贱样”“你以为你装 × 姐姐就看不出你肚子里是一堆屎”。江郁已经记不太清当时自己骂了什么了，骂的时候，整个人都失去了控制，满腔无法消除的愤怒，仿佛不是自己一样。

唯一能清晰记得的就是对方在最后哭着说：“无论你怎么骂我都行，但是求求你了……我们是真心相爱的。”

七

暑假的时候曾经跟他一起去邻省旅游，骗过各自的家长，说是“学校组织的活动”。两个人躺在廉价旅馆的床上彻夜聊天，兴致勃勃地说以后结了婚要生几个孩子，家里要养猫还是养狗。江郁说“我可不做家务”，杜子松就无所谓地耸耸肩说“那就请佣人做呀”，她就笑“那你可得努力赚钱”。聊到快天亮的时候大家都开始困倦，江郁翻了个身说：“哎，你说我们能在一起多久呢？”

杜子松撑着头迷迷糊糊地说：“那得看我能活多久了。”说完就挨了当头一拍。

“干吗打我？”

“就打你呀，老是胡说也没个正经。”

当时没有想到在旅途之后会遇上那样的事。江郁同班的同学因为暑假的聚会打电话到她家，在被告知“不是去学校组织的夏令营了吗”时一时口快地说“什么夏令营”，由此引起江郁父母的疑心。于是一回到家就被不断逼问“跟谁去了什么地方”，江郁说不出来。第二天就被父母带到了班主任的办公室，班主任在听到这件事后示意江郁先回教室上课，要跟她父母“单独谈谈”。江郁回到教室，同学们都略有耳闻地向她投来一瞥。她回到座位上，却怎么也没法听课，手机藏在桌底下一条一条地发短信给杜子松说“我爸妈发现了现在正在办公室呢”“不知道他们在谈什么”“我很怕啊，会不会要退学”……

江郁看着平时跟她要好的同学一个一个地被叫出去，心里更慌。杜子松安慰了她半天，最后发来一条短信说“你不用害怕我马上就过来”。

那天下午，见到杜子松的时候，心里的委屈跟恐慌，什么都出来了，只知道抓着他的衣服一直哭，一句完整的话也说不出来。之后的事，江郁现在已经记不太清了，只记得杜子松一直在跟她说话，拉着她的手一起走到老师的办公室，当着她父母的面说着“我们是认真的”“我可以向你们保证”“我发誓”这样的话。

而多少年后，这个曾经一脸认真的男生牵着别人的手说出同样的话。

——天真的誓言，总有被搁浅的一天。

八

再一次接到杜子松的电话，已经是11月中旬了。江郁看着手机上的来电显示，犹豫了一会儿，还是按下了接听键："喂？"

"喂你好，我是杜子松。"客套而生分的语气，"我想跟你谈一谈。"

"谈什么。我们之间还有什么好谈的。"

"我希望你不要再打电话骚扰周佳岐了。"

"我骚扰她？你什么意思？你两个多月没有打电话给我，一打电话给我就说这件事你什么意思？我跟你还没有分手呢！"

"我就是来跟你谈这件事的。"

"你跟我谈'这件事'？这件事是什么事？你有事要谈？那我们直接到你妈面前去谈！"

"你不要什么事都扯上我妈！你扯上我妈也没有用，她已经见过佳岐了，她满意得很！"

"你带她去见你妈了？你说……你带她去见你妈了？你跟我在一起多久你才肯带我见你妈，你跟她认识不到两年就带她见你妈？你什么意思啊你，那个狐狸精就有这么好吗？！"

“你……你他 × 的怎么说话的呢！有你这么说话的吗？！我告诉你，佳岐她不像你！”

“是啊，她是不像我，我可没有她这么不要脸，这么贱！”

“我 × 你妈！！我怎么跟这么恶毒的女人在一起这么久，我真瞎了眼了我。”

“谁瞎了眼了？我才瞎了眼了咧！像你这种男人……”

像你这种男人。

像你这种男人。

九

那天下午，他们各自写了一份保证书，保证考上大学前都不见面之后，江郁就送杜子松到学校门口。他们站在门口说了很久的话，想到未来一年都不能再见面了，彼此的眼眶都有点红。临走的时候，杜子松提出要再抱她一次。她看见他的神情在黄昏的光里寂寂地沉下去，心里一痛，点了点头。然后他就抱着她，他抱得那么用力，用力到她根本没法呼吸，几乎要窒息而死。走的时候，男生坚持要她先走，说要看着她走。她怎么也拗不过他，只好先回学校上晚自修。可是上完晚自修回到宿舍的时候，却听见室友对自己说“你的男朋友怎么还在校门口啊，我刚才出去拿东西时看见他了”。江郁一愣，放下手中的塑料桶，连鞋子也没来得及换就跑到了校门口，她看见男生抬起头看着她教室的灯光，地上一堆凌乱的烟头。

高中毕业后的暑假，他们一起出去玩。女生随兴说起即将要进入不同的大学，男生就突然抓起了她的手，很用力地咬了下去。女生吓了一跳，随即吃痛，叫他松口。可他怎么也不肯松口，咬得女生手臂都出血了。她就在街上又喊又跳，弄得整条街的人都看着他们，后来她终于忍不住哭了起来，男生才放开了她。他对着又气又恼的直嚷嚷着要跟他分手的女生说：“我真想你能永远记住我，无论将来发生什么事，只要看见这个伤口，就永远也不会忘掉我。”

——曾经是这样。

——曾经是这个模样。

——但现在，恶毒的、言不由衷的话冲口而出。说他是浑蛋，是人渣败类。他就反说自己是垃圾，是烂女人贱女人。

——那些曾经美好过、温暖过自己生命的人事，像是不复存在一样，在越来越激烈的争吵中一点一点地抹掉了存在的痕迹。

——而只剩下一段无法顺心如意的恋情，空壳的诺言，以及镜子里丑恶、卑鄙、扭曲、耍尽了心计的自己。

——为什么会变成这样呢?

——为什么呢?

江郁在挂掉电话之后突然哭了出来，一声高过一声的哭泣，响彻在稀薄的暮色中，像是要把现在的自己，一点一点地掩埋掉。

十

每一次搭公车的时候，你都会抓住两边的椅子，中间圈出的一小块地就是我的位置，因为你知道我平衡感不太好，怕我摔倒；每一次出门的时候，都是你走靠马路的那一边；每一次坐车的时候，你都会坚决不让我坐副驾位，怕我会有危险；每一次你弄坏我的东西都会被我大骂一顿，并买回更好的给我，但每一次我弄坏你的东西你都会反过头来安慰我，说“没事了，不要紧”；每一次我不舒服的时候都是你最先发现，你身上永远带着腹可安止血贴跟京万红，因为你知道我胃不好常常消化不良，笨手笨脚老是不是擦伤这里就是烫伤那里；每一次你去哪里玩总是惦记着我，买好吃的东西跟纪念品回来给我，我不知道曾经收过你多少礼物，而我送给你的礼物却用十根手指头就数得出来；每一次我生气的时候你都会想尽办法哄我，堆成心形的蜡烛，一种会很可爱地跳出一个小人唱“对不起，我爱你”的音乐盒，而每一次你生气的时候我都会不理你，因为我知道你肯定要忍不住跟我打电话，我知道你会原谅我。

大学的时候，每个星期你都从旁边的城市搭车到我的学校，每一次我见你都是一副脸色苍白的样子，问你怎么了，你总是说在那边吃不好住不好，最重要的是太想我而搞得自己人不人鬼不鬼，我听了就笑，说你又贫嘴。后来我听同学说，有一次见到你在车上吐个不停，吐得一脸苍白，到最后只能干呕。同学说，你甚至呕出了苦胆水。我这才知道你原来是晕车的，非常严重的晕车。可你仍然坚持每个星期都来跟我见面。你什么都没告诉我。

每一次。每一次。

还有更多的每一次，我已经无法一一记住。直到现在我才知道，当初我是如何被爱过。

——在这九年间发生过的点点滴滴，所有我记得住记不住的事情，所有感人的不感人的事情，所有重要的不重要的事情，那些原来，都是你的爱。

——它们证明了我们曾经是怎样真实地爱过，以彼此为世界的唯一。证明了你曾经是怎样深切地爱过我，用你所有的温柔与包容。

——在你心中，也会像我一样记得吗？记得关于我的种种，像某些年月里开出最灿烂的花。记得我们牵手一同走过的年岁，太阳般温暖而美好。

——就已经足够了。

十一

跟杜子松约在高中校门前的林荫道见面，年少的时候，江郁曾经多次与杜子松并肩走过这条林荫道，走到分岔口的时候江郁会停下脚步，看着男生的背影消失在去往车站的方向。

江郁匆匆赶去的时候，杜子松已经等在了那里。两人客套而生分地打着招呼，不痛不痒地寒暄了几句，在女生感叹着“真是一点都没有变”的时候，男生突然说了句“我想，我们还是分手吧”。

听到这句话，江郁并没有吃惊，她很平静地点点头，说：“好哇。”然后又指着旁边的树说，“你看那是不是写着黄桷树？以前老想知道是什么树，现在终于知道了。嗯，还是有一点点变化的吧。”

男生的表情突然缓和了下来，他没有说话，静静地站在那儿，像是想起了很多，又像什么都没有想起。然后他轻轻叫了女生的名字。

“小郁。”就像多年前一样。

“嗯？”

“你说，我们以后还能再见面吗？”

“不能了。”

男生抬起头，沉默了很久，然后低下头看着她，说：“那你送我去车站吧。”

“嗯。”

——这是我们并肩走过的路。对我们的一生来说，太短。而对于一瞬来说，又太长。

——所以，如果要记恨，如果要气愤，为什么不能铭记他的善良，放手给彼此自由。

——没人能够挽留流星的脚步，爱情如果走到尽头，你能够更改的，只是最终一回的结局。

走到分岔口的时候，江郁停下了脚步。

“我要回家了。”

“嗯，我也要回公司了。”

“那我走左边。”

“我走右边。”

“嗯。”

“嗯。”

“那，拜拜。”

“拜拜。”

转过身去的时候，眼泪终于控制不住掉下来。江郁知道，再也不会有一个男生看着她慢慢走进教学楼，然后一直待在原地不肯走。也不会再有一个女生，站在分岔口上，看着他的背影消失在去往车站的方向了。

但她知道，他们都会走出去的。

空房子

李枫

李枫

上海最世文化发展有限公司签约作者

自由自在

已出版：《燃烧的男孩》《召唤喀纳斯水怪》《圣地》

我感觉，时间，好像永远停留在了十二岁。

窗外蔚蓝的天空，被风拂起的窗帘像在跳舞，安安静静的房间，书桌上躺着笔和几本书，清新的风灌满整个房间，温柔的光线，飞鸟，它们的声音，非常好的心情，还有他们叫我的名字，“逊。”我转过脸，看着车窗外的景象。

后来，我就永远、永远地沉入争吵和混乱的世界里了。

——题记

在这个世界上，哥哥只有一个梦想，就是留住这套房子。一如既往地，我端起碗，看了一旁的哥哥一眼，他抓起筷子，眼睛看着桌子，笑着说：“今天还真是麻烦你做了这么丰盛的菜。”

哥哥是对坐在我们前面的女人说的，但是她没有反应，端着碗侧着身看电视，不过光看侧脸就知道不是好脸色。

“喂。”哥哥歪过头，“你听见没有？”

她依然没有反应，坐在一旁的老实本分的爷爷没有作声，爷爷是怕哥哥的。

“喂！”哥哥站起身拍了她一下。爷爷看这状况也跟着去拍拍她。

她突然转过脸，气势汹汹的，在不太明亮的灯光下是纯正的紫色，看了看爷爷，又看向同样气势汹汹到蓄势待发的哥哥。

“什么？我听不见！”她说。

她是装的，我知道，从上个星期哥哥和她第一次正面交锋后，她就开始装聋，哥哥和她说话，她从来不正眼看他，就装作听不见。然而，我偷偷地跟着她出去，看见她在麻将桌上雷厉风行，谁输谁赢算账的时候，她的听力可是当仁不让。

“啪——”很响亮的一声，一桌的盘子和碗都在震颤。

爷爷被惊得颤了一下。我放下碗。

女人还抓着筷子就暴跳起来，“你打我？你敢打我！”

当然，她的耳朵也震好了。

“我打了你吗？”哥哥依然歪着头，眼神中是那种霸道和不屑。

“拍桌子就是打人脸，你不知道吗？你拍桌子就是打我的脸！”她的声音非常大声和尖厉。

“啪——啪——”哥哥又狠狠地连拍几下，一个碗被打翻了，“我家的桌子，我想怎么拍就怎么拍。”哥哥的声音还是那么稳稳的。

当然，这个女人是找不到任何还击的借口，因此愣了一下后反反复复地说：“你打我啊？！你打我的脸啊你！你……”

因为她的声音提高了一个八度，哥哥明显不耐烦起来，特别是这样的争执，一种无赖的争执，“哗啦”一声，哥哥就掀翻了整张饭桌。

我掀我家的，想怎么掀就怎么掀。

我总是越来越敏锐地能感知到很多即将要发生的事情。我感觉这样的感知就像埋葬在湿地中的炸弹，在我的身体里“嘀嘀嘀嘀”地响着，这让我越来越痛苦，不仅要忍受着它随时爆炸带来的恐慌，还要去承受这个爆炸。

嘀嘀嘀嘀——

但我知道很多东西都避免不了。就像今天的这场冲突。

“你最好赶快给我滚。”哥哥坐在沙发上，点烟。

这个女人站在一地凌乱中，愣了一会儿，竟然笑着踢开碎片，在哥哥身边坐下，“我住我老公的房子，天经地义。”

“这是我爸妈留给我的房子，不是我爷爷的房子，懂吗？”哥哥摔掉烟，怒冲冲地看向站在一边的爷爷。爷爷很尴尬，不知道该做什么。

“老宁啊。”这个女人笑得更慈祥了，慈祥得令人反胃，“你看看你这个不孝孙，呵呵，不准我们吃饭不说，还要把我们赶出去。”

“赶的只有你。”哥哥说。

但是我想告诉哥哥，爷爷已经和她领了结婚证了。虽然家里的亲戚全部反对，说：“你这么大年纪了，找个保姆算了，还结什么婚？最后遗产都是别人的！”但他偏偏结了，和这个比他小三十岁的女人。

是的，爷爷今年八十岁，她五十岁，她是农村人，丈夫也死得早，也有子嗣。如果说，有人会指责哥哥为什么要阻碍老年人的个人幸福，为什么要反对老年人再婚，我想说的是，哥哥一定是不反对的，只是家家都有本难念的经。

“哟！只有我？呵呵，我告诉你，老娘就住定这儿了！”

“行的，当然可以，以后你做了饭，我就倒掉，你要是觉得这么住着痛快，你就住着吧，哈，以后你天天都是这个待遇。”

双方都各自沉默了很久，整个客厅里只有令人心跳加快的冷肃，接着，女人歇斯底里的一声号哭，像一把无比锋利的刀子，刺啦，飞快地划开一片压抑的死寂——

“我的妈妈哎！我的娘哎！！”

南方的农村女人有一个特点，她们最擅长的一种发泄方式就是边哭边“唱歌”，这个“歌”实际上是骂，但随着哭声骂出来的就像哀号一首歌那样，比如这个女人坐在沙发上拍着大腿哭喊着：“我的妈妈哎！我的娘哎……”

她可以不停地喊爹叫娘、哭天喊地好几个小时，我觉得她真是个无赖。此时的哥哥早已练就出能制伏她的对策，那就是和女人哭天喊地的“天”“地”一样，不为所动。

“我的娘哎！我从娘肚子里生出来就没受过这样的气哎！！这么个畜生东西，这么个……”

“你最好赶快给我闭嘴。”哥哥更加冷冰地说了一句。

女人的声音只会更加惊天动地。

“你信不信我也会喊？”我听见哥哥说到这句话，本能地躲了躲，这种事可不要叫上我……

马上，我就听见女人的回骂——

“……这么个婊子崽！”

这个词无疑就是我心里那无数颗炸弹中，最具毁灭性的其中一颗了。当然，它也是哥哥心中不能触碰的伤口。哥哥站起来，一把拉住她的领口，猛地一提，他要把她拖出门去。

还在读高三的哥哥，强壮得就像一个大人。

她抓着哥哥结实的胳膊，又掐又打，哥哥不会还手，他知道他无论如何不能打自己的长辈，而且她还是个女人。因为这样的事一旦传出去，哥哥再怎么有理，外人依然会站在一个女人那边。

“你这个婊子崽！还敢把我赶出去！我住我老公的房子！”她的声音越来越大，越来越汹涌，她想让所有人都听见，“大家快来看看哎！这个不孝子哎！这个婊子崽、畜生！”

哥哥的脸就像死去的颜色，凶狠且狼狈地拉开门，要把她“扔”出去，这时站在我们身后一直没有作声的爷爷拉住哥哥的手，“森，森，别这样，别这样……”

我也对哥哥喊：“哥哥算了，算了……”但是哥哥听不见我们的声音。

“你少碰我！”哥哥已经失去理智，打开爷爷的手。

爷爷再次拉住他的胳膊。

“都怪你，你这个老不死的，你找这样的女人——”

都怪你。

你这个老不死的。

哥哥是英雄也是魔鬼。

今天是怎样收场的，我再也记不起来。脑海中混乱、狼藉。我居然从来没有发现，哥哥在说出那句话时候的脸，怎么那瞬间是面目全非的？而爷爷，是什么时候一下子变得那么苍老，苍老得一句话也说不出来了？

我安静地躺在床上，看着背对着我的哥哥，昏暗的房间，他蜷缩的姿势显得那么孤独。我知道我年纪太小，就像以前有什么事非要去插一嘴，故作成熟的哥哥总会说：“大人的事，逊你不要管，去玩吧。”但我想我是早熟的，我知道我没有心情去玩，也知道这些事我不能不管。因为我们的爸妈已经不在了。

我看到哥哥的发丝像是在颤动，不过我知道他是不会哭的，他是一个没有眼泪的哥哥。我好奇地直起身子去看，他捂着胸口在颤抖。噢，原来是心脏难受了。先天性的心律不齐，也因为这个，才批准爸妈可以再生一个，于是有了我。

我知道，哥哥是气那个女人的那句脏话，骂了我们，还骂了我们的妈妈。而且我也知道，哥哥并不是恨爷爷，而是恨我们这种似乎永无止境的处境。

但是哥哥是不该和那个女人做这些无畏的争吵的。

哥哥是不应该骂爷爷的，他对我们多好啊。哥哥不该是这样的。

可是后来，就变成了这样。

十二岁那年的一场意外，夏日滚滚的热浪让公路看起来弯弯扭扭，远处的沙和草像是随时会引燃，在这个空无一人的旷野，我从车子下爬出来，转过头，看见翻了的车子，就像不属于这个世界的画面，那一幕让我非常害怕。

爸爸，妈妈，还在下面。

“逊！逊！”我听见了哥哥的声音，还有许多叔叔惊慌失措的喊声。

我躲在一边，听着警车的声音，看着混乱的他们在变了形的废铁里寻找。

我看见哥哥的衣服都弄脏了，他焦急又手足无措，恐慌地转过身，我看见了他T恤上猩红色的血点，一点，一点。

当时他看着我，一只手还在揉着眼睛，我不知道他是在哭还是眼睛里进了沙子。我知道他是害怕的，这时的他就像个无助的小天使，那些刺眼的血点，从此就沾染在稚嫩的雪白翅膀上。

强烈的光线打在他的头顶，把他的头发照成了好看的棕色。

后来，爷爷从老家回来了。他卖掉了老家的房子，带着钱回来和我们一起生活，要把我们带大。那时的我们多么听话，多么依赖爷爷——这个世界上，我们唯一的亲人。

再后来，又多了一个“亲人”，那个女人。

“他找个伴儿是没错，问题就在这套房子上。”第二天，被昨晚的争执惊动的邻里对哥哥说，“你们家关系是比较复杂的，爸妈不在了，那时留下未成年的你，你爷爷是一片好心从老家回来，把房子都卖掉了，现在他连个家都没有——”

“我不是不让爷爷住，我已经忍受不了那个女人了，她就是盯上这份房产来的你们知道吗？”

“可你爷爷都和她领了结婚证了，你们是一家人了。”

“我就是烦我爷爷这个！”哥哥说，“他当时就是骗这个女人说房子是他的，所以那个女人才肯和他结婚。”

“他也不容易啊，把你供出来了，也该为自己的以后考虑了吧，年纪这么大了，你以后读大学去了，谁照顾他？这样的年纪已经是说不准的了，说不准哪一天——”她们直接跳过那几个字，凑到哥哥面前压低了声音，“身边连个人都没有，都发现不了，你说……是不？”

“可你们有没有想过，万一哪天我爷爷不在了，这个女人会闹翻天的，她什么理都不讲，就认准这是她的房子了，到时候怎么办？”

站在一边的我怎么觉得这些人都像是疯了，他们交头接耳、低声聊络的模样怎么那么狰狞？还有我的哥哥，这时的他是无情和可怕的，甚至比这些“站着说话不腰疼”的人更无情、更可怕，他说话的样子成熟得令我产生恐惧。爷爷还在，就开始设想他的死，是的，他们，或者我们是应该这样设想的，为了维护私己的利益，但这样的设想除了造成不停地生活在隐忧中、不断的矛盾外，还有什么用？

让他们再离婚？

把他们赶出去？

“哎呀，一套房子而已，都这么多年的老房子了，你怕还能值多少钱？”她们说，“就给你爷爷养老吧！”

“凭什么？到最后这套房子就自然而然变成她的房子了，凭什么？”

我跟着哥哥去学校，一路上我们什么话也没说，一个在前一个在后，进了学校，各自去各自的班级。哥哥快高考了，我真想劝他不要太顾虑家里的事，一心一意去复习吧，但我想我说这些，他那么固执的脾气绝对听不进去，而且我似乎也没资格说这些。

因为我好像才是那个坏孩子，上课的时候就盯着窗外的天空，老师的话我什么都不想听，成绩非常差，每次考试的卷子发下来，老师干脆都不再给我打分。是的，我是个擅长交白卷的叛逆角色。

又因此，我读了初一，还是初一，我感觉我永远也升不到初二了。

所以我那么羡慕哥哥，他在我心里就是英雄那样的，伟大的、光芒熠熠的。当然，只是说在外的表现，在家的表现，你们也看见了，哥哥就像一个别人口中的“不肖子孙”，有时候我想想那些大人的话，也觉得有道理，不过就是一套房子而已，爷爷对我们那么好，牺牲了自己那么多，再说，我们大了，以后总要出去的，房子就留给爷爷养老吧。

不知道为什么，哥哥却总显得那么自私自利。有时为了“房子”的事，争吵得没有理智的样子，说出那些“遭天谴”的话的样子，就像一个魔鬼。

没有我的名字。

哥哥这个魔鬼越来越沉迷在自己的那个黑暗邪恶的寝宫。我感觉他再这么下去，一定会变成一个歹毒的、没有人生目标的恶棍。不过现在他还有他所谓的人生目标，不是大学，不是未来，而是这套房子。

我真想也像个和他同龄的人，或者一个大人那样好好教育下他，这不过就是套房子，房子是不重要的，重要的是我们对爷爷的爱。但我还是不敢，此时的我们各自坐在各自的书桌前，各自揣着各自的心事装模作样地看书做作业。

我扭过头偷偷看了哥哥一眼，他懒散地歪坐着，一只手撑着头，一看就心不在焉。我想他一定是得了“恋房症”，不是说现在的怪病越来越多，特别是精神上的病，有的人得“恋物癖”能恋上任何东西，包括垃圾。这时我听见门外有响动，好像是爷爷和那个女人散步回来了，哥哥“啪”地扳下正在手上转的圆珠笔，站起来，拧开门出去。

又去吵架了。

“你他 × 怎么还没走？”哥哥的声音。

女人也许是不想理他，很久都没作声。

“不准你往前走一步！不准你用我家的厕所！”

“呵呵，这是你爷爷的家！你没有这个权利！”

“我让你看看我有没有这个权利。”

就算没有权利，年轻力壮并且气盛的哥哥还有暴力。所以又是摔碎东西的声音、嘶吼的声音和女人的哭叫声。

我厌烦地听着这一切，心里却总是会生出大大小小隐隐的恐慌。有时，又会觉得难过，因为我听不见爷爷苍老的声音，他似乎总像一个可有可无的陪衬，没有人把他放在眼里。他的年岁真的已大，不再有能力去阻止这些。而最让我难受的是，我觉得哥哥所做的这一切不仅是在伤爷爷的心，也毁了他的晚年。

但是哥哥一生中本应该最灿烂的早年，不是也没了吗？

“老宁啊！房产证呢？拿出来给他看看！”女人的气焰是十分嚣张的，并且终于提到了“房产证”这种东西，我预感到这或许就该是决定胜负的时刻了。

爷爷支支吾吾的声音。

“去拿啊！给这小子看看谁才是房子的主人！”

哥哥慢条斯理地浅笑了一声：“爷爷，你就去拿给她看看，让她看清楚了直接卷起铺盖走人。”

爷爷在这其中是多么可怜。

“你去不去啊你？！哎呀！”女人又开始哭着唱歌，“我就知道你们是一家，你们联合起来欺负我呀！你们的心好狠！老娘当初和你结婚的时候……”

“爷爷那是骗你这种见钱眼开的人的，看吧，掉进来了吧？”哥哥似乎乐了，“这房子根本不是他的，房产证上是我的名字，只有我的名字。”哥哥的窃笑声。

我还在犹豫着要不要出去试着帮一下爷爷，还是算了吧，我只是个什么都不懂的小孩，我也不知道到底谁错谁对。再说了，这房子也不是我的，证上只有哥哥的名字，他一定会骂我多管闲事。

不过我也开始神经质地害怕，要是哪天哥哥也把我赶出去，怎么办？房产证上没有我的名字。

逊。

我这样的担心也不是没有道理。那天之后，这个女人一气之下真的卷起铺盖走人了，无奈又可怜的爷爷在卧室里睡了一晚后，也许是考虑再三，也许是真的已经对哥哥失望，带着几件衣服和他经常戴的那顶黑色鸭舌帽，也走了。

不过没有带行李，爷爷一定是想着再把那个女人劝回来的，因此哥哥并没有因为她的离开而太过开心，我感觉他依然沉沦在自己那个晦涩阴暗的魔界里。

我看着他点起一支烟，趴在书桌上吐着烟气，他天天就是抽烟，我纳闷儿他哪有这么多烦心事。我看着他在烟快要燃尽的时候，拿着它去烫试卷。烧出一个圈，两个圈。他总是把我们的房间搞得乌烟瘴气的，二手烟的味道，烧焦的气味，他真的很自私。越来越自私。

而且他几乎是不理我的，好像他已经早早地涉入成人的世界，和我再也沟通不了。就像他去争夺的东西，我永远也不知道那个东西有什么值得他那么做，值得他那么极端。每当看到他背对着我，我总觉得这个背影是那么孤独到狭长。我也想对他说："哥哥，有不开心的事就和我分担吧，我其实也懂事的。"

但是他不喜欢和我说，我都不记得从什么时候开始，他不再亲昵地叫我的名字，而是旁若无人地"哼"一声，好像要召我过去帮他干些什么。有时我会预感到，也许有一天，我也会像那个女人一样，在他眼里，在这房子里是多余的。

他就一个人自娱自乐地抽一晚上的烟，然后深夜关灯，上床睡觉。我怕他嫌我开着台灯烦，总是在等他关上灯后也拧灭台灯，再摸黑爬上床。

这天晚上睡觉，哥哥没有把卧室门关上，因为家里只剩下我们俩，可以非常自由。哥哥睡觉的时候是安静的，有时会捂着心脏，有时蜷缩着，像很受伤，又像莫名其妙地感到寒冷而微微颤抖。我越来越觉得他有病，身心都有病，睡在他旁边的我就会在这种时候感到害怕，这种感觉很阴森。

也许如果身边睡的是个陌生人，那么我会认为这样的阴森很正常，但他是我曾那么熟悉的哥哥。我不知道究竟是自然界的什么力量使他变成这样，究竟是什么时候他走到了这一步，而更可怕的是，这些他从来不和我说，他将自己封闭了。

他变成了一个怪物，体内的情感、对亲情的感知，都在与日俱增地蒸腾掉。

“……逊。”突然他轻轻地喊。

我睁开眼，看着背对着我的他。

他颤抖着，像是做了噩梦，突然翻过身，惊魂未定的样子。

“哥哥。”我支撑起身体，看着他额头上浅浅的汗，“你怎么了？”

他看了看我，又转回头看着天花板，然后微咳了一下，起身穿好拖鞋走到客厅的沙发上坐下。

他真的越变越古怪了！

他在沙发上坐了一会儿，然后百无聊赖地拿起遥控器打开电视。我听着电视里空荡荡的忙音，和他不停换台的声音。

好像现在，也只有在他的梦里，他才会叫一声我的名字。

哥哥，你不该是这样的，你以前是善良孝顺、健康向上的啊。

我们是一样的。

哥哥再也好不起来了。

那个女人到我们这里的居委会上报，说哥哥不准爷爷吃饭，还把爷爷赶出了家门，侮辱长辈，甚至还要动手打人。这里的居委会都是退休干部组成的，自然维护老人，于是这些爷爷奶奶非常重视，第一时间赶到我们家。

当时我和哥哥都在上课，放学回家后一进家门，就看见满屋子坐着的老人。自然还有我们的爷爷和那个女人。那个女人恶狠狠地瞪了我们一眼。

“小森，来来，你坐下。”一个居委会的爷爷拉住哥哥的胳膊，把他往沙发上拉。

哥哥开始还不明就里，坐下后马上知道了，于是说：“正好，我也有事要向你们反映下。”

“好，好，你先听我们说，然后你有什么想法你可以说——”

“我先说吧。”哥哥是当仁不让的，“那个女的无非就是恶人先告状，你们知道吗，她不是嫁给我爷爷，她是嫁给这套房子！”

“小森啊你冷静点。”一个居委会的奶奶也说，“你年纪小，冲动是正常的，也许你太敏感了，这个事情……”

“我没有敏感，我明白这样年纪的人是图找个伴儿。”哥哥看向低着头的爷爷，“可是……爷爷你说，你和她有共同爱好吗？有共同话题吗？她只知道打麻将、不停地看《还珠格格》的重播，你们在一起是……”

“畜生咧！你们看看他这个样子，你们看看啊！”那个女人指着哥哥叫。

“还有，我要告诉你们，你们一定觉得我太冲动太没大没小了，其实很多东西我懂。这个女人——”哥哥指着她，“装聋，说是爷爷给她吃了一种什么保健药把耳朵吃坏了，然后缠着我爷爷要钱去给她治耳朵，你们刚刚也看见了，她聋吗？那些钱都被她花到哪儿去了？”

“这个啊……小森啊……”那些居委会的大人接过话，很明显，底气也开始不足了。

“爷爷每个月给她很多钱买菜，你们看看她天天给我们吃什么？”哥哥指着空空的饭桌，“一碗青菜秆子，一碗豆腐汤，青菜还是她自己种的，拿那么多钱天天去买豆腐了？那她还真的是豆腐西施。”

那女人站在一边不吭声，脸色越来越不好。

“我就算了，可我爷爷那么大年纪了，她给他吃那个？！”哥哥气愤得差点要站起来，“还有家里要换灯泡，她居然让爷爷上街去买！街上车那么多，多危险啊！我爷爷那么老了，这个女人她居然……”

我看着哥哥的眼睛里有一些潮潮的东西。

居委会来的人没有一个再多说什么，大家是哑口无言的，那个女人摔掉一个茶杯就冲出门去。哥哥跟出去接着发泄，那一刻，我觉得哥哥就像疯了。

房子里只有居委会的人和爷爷，还有我，站在最边上。

居委会的人叹了口气，问爷爷：“老宁啊，那你的意思……”

爷爷低着头，年迈的声音，一声叹息。我听不清楚他在说什么，他无奈和已经没有温度的声音非常微小，非常微小。

但是爷爷最后还是选择了那个女人。

我有时很想问：“爷爷，你恨我们吗？”

你一定对哥哥很失望了吧？但是你应该也是知道的，哥哥的立场还是为了你好，他只是太偏激。也许你觉得，你现在这个年纪，已经不可能再有朝气，没有什么憧憬，但哥哥对你的心是一直没有变过的。只是他有心结，他太在乎我们，在乎这个家，他受过打击，他对这一切都歇斯底里。

你一定是明白的。

我们都是遭遇过很多变故的人，人生最痛苦的事，也就是幼年失去父母，晚年丧子。你一定会抱怨哥哥破坏了你想要得到的安稳，但我们都是一样，最沉重的记忆似乎都停留在了那年的那场意外，然后都在痛苦后想要努力再挽回些什么的人。

就像我，我也总以为自己没变，镜子里的自己依然稚嫩，也依然有着单纯的、澄澈的心智，但实际上，我也许已经麻木了，已经习以为常了。我已经不会再做梦，我已经感觉不到冷暖，我已经不会颤抖，我已经渐渐地、渐渐地，体会不到任何人对我的爱。

那种感觉，就好像我永远留在了十二岁那年。

哥哥也留在了那年。

我知道，有很多东西，我比哥哥更懂得。不是因为我没有他的冲动，被激怒熏晕了眼睛；也不是我心胸坦荡，好像把什么都看得云淡风轻，而是我的眼睛总能看见许多哥哥不曾想要去看的东西。

我曾偷偷地跟在爷爷身后，看见那个女人一路上对爷爷颐指气使，甚至说出了极其难听的话，老实的爷爷跟在一边，低着头。那时我多想冲过去帮爷爷说话，但我没有理由。她，确实是被我们赶出去的，而爷爷还是选择了他的这段婚姻。

我跟在他们身后，我听见女人说："……活那么大岁数了连张床都没有！"爷爷说："那是我儿子儿媳妇以前的床。"女人又说："他们死都死了，东西不都该是你的！"

说着说着，他们就走到一间低矮的平房前。阴雨的冷天，这间平房显得更加寒酸和简陋，湿气爬上墙形成一大摊一大摊的阴影。

这是女人的房子，她一生贫苦，一生都住在这个阴暗的房子里。就连门锁，都是在门外随便置的一把小锁，真惊讶，现在还有这样的人家。

女人开锁，门打开，屋里一片灰黑，地上是一圈一圈的积水，还听见"滴答""滴答"漏水的声音，这样的房子，老年人是不能住的。躲在后面的我又无能为力。她，他们，是被我们赶出去的。

我离开的时候，女人依然在大声对爷爷宣泄自己的不满，尖锐的声音却没有刺疼我的耳膜，我反而开始同情她，稍稍地开始同情她。

我们不都是一样的吗？幼年丧父母，中年丧夫，晚年丧子。我们都是想要尽力去挽回点儿什么的人，都是苟延残喘的人。

我听见爷爷的咳嗽声，听起来那么无力，那么危险。我回过头，那一刻我突然在想，我们究竟是怎样就走到了这一步？

那天晚上，我看着哥哥背对着我的后脑勺，忍不住想要说什么，这时他不自觉地从我这里拽了拽被子。我有一半的身体都露在外面，不过我不会抱怨他的自私，反正我习惯了，再说我也不怕冷。

“哥哥。”我喊了他一声，本来想继续说下去，但我又怕他发脾气。因为无论怎样，我都应该站在他这边的，他现在只有我这一个亲人。

但我还是说了——“哥哥，让爷爷他们回来吧。”

说完我小心翼翼地看他的反应，他停了拽被子的手，转过头看了我一眼，眼神是空洞和凄冷的。

那眼神，似乎让我又看到了停留在那场意外的，年幼的哥哥。

后来，他一定是生气了。但他没有直接骂我，而是用行动给我惩罚。他对我越来越冷冰冰，更多时候甚至不闻不问，再也不叫我的名字，甚至连哼都不哼了。

他一定觉得我不理解他，一定觉得我不了解他为什么要这么做。

更坏的是，现在只有我们俩住在这套两室两厅里，哥哥必须动手操办我们的伙食，可是他自私得只顾做自己的，放在书包里匆匆忙忙地出门。我开始觉得他是故意的，但次数太多了，我觉得他真的已经自私到无可救药，自私到变态。

而且，他不再等我放学，他每天放学后都急匆匆地往家赶，生怕他不在的这段时间里，这套房子随时会被别人占领，或者搬空。我收拾好书包站在二楼过道看着他往校门外走的样子，觉得是那么不可理喻，那么幼稚，不像哥哥，像个什么道理都不懂的小屁孩。

回家的时候，刚好遇上我们家附近的邻里们，我听见她们低语着，“不就是一套房子吗？虽然他爷爷也老糊涂找了个那样的女人，但做儿孙的还是要给老人家一个幸福的晚年吧。”还有“是的咯，他爷爷昨天都送医院了，估计……”

送医院了。

估计……

我带着气愤上楼，“哗啦”一声抽出钥匙开门，刚打开门我就乱喊：“你是有病的你知道吗！你一定是有病的！”

这是我长这么大以来，第一次这么直白地对哥哥反抗。我不知道会有怎样的后果，不过上天也马上帮我摆平了这个顾虑，因为哥哥不在家。

这更是助长了我隐忍很久的发泄欲，我在家里巡视一圈，边走边喊，“你打的这场仗，有意思吗？”“你失去的比你得到的多得多！”“不就是一套房子吗？你难道要把爷爷的命赔进去？！”“你把这套房子看得太重了！已经到了病态的程度了！”“你不是爱家，你是在毁它！”“你还要失去多少——”

但是，整套房子里只有我的声音。

那种空荡荡的、凉飕飕的感觉，就像那年的车祸，我的胸腔被驾驶座压着，我的两只小耳朵还在外面，但是，却听不见车厢里生命迹象的呻吟，听不见皮肤下血液顺流的声音，听不见呼吸的声音，听不见心跳的声音。

整个世界是空空的——

喊完我就愤愤地要出去，我要去找爷爷，结果一开门，就看见那个女人。

那不是房子。

爷爷病危。

女人招来居委会的人把爷爷送去医院。

哥哥在我之前已经赶了过去。

“不就是套房子吗！”居委会的大妈们围住病房外的哥哥，“你让你爷爷这么冷的天住在外面，你……”

“我没有不让我爷爷住！我不让那个女人住！”

“他们结婚了，你们是一家人！你爷爷连房子都没有，你马上去读大学了，房子空着也是空着，你怎么不留给你爷爷安享晚年……”

“我不准那个女人进来！”

“你……”

“那不是房子，那是我的家，那是家，我的家啊！”

“……你就把它留给你爷爷吧！”

“当然可以！但是那个女的——”

“你这是小孩子脾气！”

“是又怎么了！我凭什么让给那个女人？她有什么资格进我家？那是我家啊……”

“我们不要那套房子！”我冲过去，站在哥哥前面，对着居委会的老人们，也是声嘶力竭的，“让给我爷爷！我们不要那套房子！”

我听见哥哥歇斯底里还在争执，我听见这些仗义的老人苦口婆心地劝告、做工作，我一遍又一遍地重复，代哥哥重复：“我们不要！我们不要了！给爷爷，给爷爷……”

但是混乱中，他们都听不清我的声音，我转过身想要控制住愤怒的哥哥，我抓住他的衣服，“哥哥！让给爷爷吧，你已经失去了爸爸妈妈，你还有我啊！虽然房子有人住才叫家，可我们在一起，无论在哪里，只要有家人在一起，都是家啊！哥哥！”

他不愿理睬我，仍然涨红着脸在和他们争执。

“哥哥！你还要失去爷爷吗？！你还要失去多少？一套房子而已，到最后，你会失去的比你得到的多得多！”

他听不见我的声音。

“你究竟怎么了？哥哥！你怎么那么不懂事！你怎么能……”

“我凭什么让给她，那里都是回忆。”哥哥说着就哭了，哭得那么嘶哑。他捂着胸口靠着墙，好像有人要抢走他的心脏一样，然后他顺着墙一点、一点地滑下去，疼痛地坐在地上，“我爸妈都不在了，我弟弟都不在了，我只剩那个地方了……”

时间好像停顿了一下。

“哥哥。”我瞪大了眼睛，在他身边蹲下，“哥哥啊，我在的啊，哥哥，你看看我，我在啊……”

他紧捂着脆弱的心脏，我看着他，就像每一次睡在我身边的他一样，熟悉地蜷缩着，听不到我的声音，看不到我，一个人孤独和狭长的影子。

那是家。

我感觉，时间，好像永远留在了十二岁。

蔚蓝的天空，单纯的世界，被风吹起的窗帘，安静的房间。我明白死的那种感觉，那种轻轻的、空空的、安静的、寂寞的感觉，那种像是被遗忘的感觉。没有梦，也不会冷，永远永远读着我的初一，永远写不出我的答卷，他们，也听不到我的话，留不下任何痕迹，唯一的，留在哥哥心里深渊般的记忆。

可是哥哥，我一直都在的啊。

我知道我是舍不得的，我知道我还有很多没有做的。所以我的魂魄就在那个炙热的夏日开始，慢慢地飘。

但是我有方向，我知道你们在哪儿，我知道家在哪儿，那种知道自己归宿的感觉，真的好极了，所以我一直跟在你们身后，就好像我从未失去过。

没有失去方向，好像，也没有失去过你们。

只是我不知道，原来哥哥失去的，比我想象的多。

他失去了更多的，他只是想努力挽回些什么。

但是哥哥，人，在继续生活的道路上，不就是应该阻止继续地失去吗?

“快!快!来人啊!有人晕倒了!快叫医生来呀!”那些人混乱的声音。

我看着倒在地上的痛苦的哥哥,越来越多的人拥过来。

“哎呀!不就是一套房子吗?!这是何苦,闹成两败俱伤!”

“哎呀,就是说啊,不就是一套房子——”

不就是一套房子吗?哥哥,如果给“家”下一个定义,如果它是“需要”,爷爷比你更需要它,或者,爷爷现在很需要它,而对于你,它只是曾经的家。

走出封锁着的心,快乐起来吧,过去的都已经过去了,就不要活在过去的房子里了。也许很多人是理解不了你的那种感情的,哥哥,但是我好像明白了。我知道你是爱爷爷的,但是你更爱家,你只是贪婪地还想留下那个曾经的家。我知道你在尽全力地守护它,可是现实已经如此,就像我再也不能和你说话。

我希望爷爷能赶快好起来,希望你的心脏病不再犯,我知道生活本身就是一件幸福的事,而我的时间停下来,却依然能感受到幸福感。

那就是看着你阻止继续的失去,看着你们好好地,和睦地继续生活着。

于是,我就明白了,它是房子,曾经的家留在心里。所以后来,我就再也没有走远过，一直留在你身边。是啊，这也许就是我一直没有消失的原因，你看啊，哥哥，家，其实一直和你在一起。

马累的明日

黄伟康

（曾用笔名：八日蝉）

黄伟康

上海最世文化发展有限公司签约作者

靠写作圆自己一个春秋大梦

已出版：《与雨日肇事的爱》《刺我一个吻》

很多年前的一个春天，我搬家到了马尔代夫的首都，马累。

位于南亚的岛国马尔代夫有着“人间天堂”这样让人向往的名字，可是当人类对全球暖化开始感到担忧的时候，这些岛屿被计算出最快一个世纪它们就将被海水逐一吞噬掉。科学家警告称，一百年内这里将不再适合人类居住。所以，我所居住的马累是一座正在消失的城市，将来的将来，人间最后的乐园将会消失。

消失，消失掉。

2004年东南亚海啸像一只大手覆盖了马尔代夫在内的印度洋沿岸国家，灾情牵挂着全球人民的心，更是袭击了人类的心理防线。马累的岛民更是人心惶惶了。那个时候我还在沙巴读大一，忽然意识到我们的世界到处充满着突发的状况，好比我当初也是被当成突发的结合而来到了这个世界，成为孤儿。

听收养院的一位爷爷说，北方已经开始积雪的大冬天，我被裹在摇篮里，搁在院子门口。当时由募捐建成的收养院在冬日里几乎断粮，我的到来就是一个灾难。过不久，雪又开始下起来了。

“当时那叫一个糟糕哟。”深深地记得爷爷那句话。

到我五岁的时候，我开始走出冰冷的收养院，被现在这个“爸爸”领养，顺便帮我改了姓，姓马。爸爸带我到一个南方小城镇生活，再后来，家里添了个爸爸亲生的儿子，三个人生活在一起——妈妈离婚后就很少回来了。

随着弟弟长大，我和这个家的血液流着流着就开始渐渐疏离。我忘不掉爸爸对弟弟那种有生命的眼神，一对比起来想，骨头都会觉得难受起来。

不知道从什么时候开始，长大后的我也常常被一种遗弃感伴随着。我的出生似乎不被这个世界欢迎——尽管这样想着，也不会去死，就是生活没有什么斗志罢了，很奇怪。

马累这座城市非常迷你，人们出行不是骑单车就是走路。房子低矮整洁，街道上没有刻意铺整的柏油路，放眼望去尽是晶亮洁白的白沙路。花园里种满了高大挺拔的椰子树还有面包树。

我一个人住在南部很小的一个住宅区里，每天起床吃过早餐，骑车去那桑德兰酒店做服务员。服务员的工作无非就是系着围裙端高脚杯，给旅客烤鱿鱼，偶尔还会负责跟不会讲英文的中国旅客交洽。日子过得孤独，一个人生病的时候最难受。但也因为过得简单，也就那么浑浑噩噩地混下去。

只是对于我来这里生活的决定，爸爸似乎不太理解——“干吗去动不动就可能有海啸袭击的地方住？”

很多次他都这样说。

记得跟爸爸最后的一次吵架，就是因为我笃定地想要在毕业后搬到马累。记忆里的爸爸还是那副喝醉酒的模样，红着脸梗着脖子，举起筷子使劲地把饭桌的桌面戳得咚咚响。十分粗俗。

“你说因为前途要到国外留学我同意，我以为你毕业就会回来！”

咚——

“可是干吗去随时就有海啸的地方住？会死掉的你知道吗！”

咚咚——

“人不能冷血啊，你死了我怎么办，我怎么办！”

那年的爸爸已经五十多岁了，看上去非常糟糕。曾经在我读初中的时候，爸爸的眼睛还很深邃，做事情气宇轩昂，非常有精神。就在2002年，我读高二的时候，爸爸在工地视察时，被掉落的一捆钢筋砸到了左腿，成为瘸子。

成为瘸子后的爸爸仿佛一下子就不年轻了，无论怎么看，身上的帅气都被那条走起路来一跛一跛的左腿所覆盖。从此以后，爸爸喜欢上了喝酒，小喝点脸颊就会红起来，坐在饭桌前傻笑，还有点矜持。一旦喝上瘾了就不管不顾，大吼大叫，着实把我们吓得够呛。那时弟弟准备升初中，不明来由就拔张的自尊心使得他连学校的家长会都邀请叔叔代替爸爸去，怕同学说起爸爸是个瘸子。

“我不是孩子了，我也有尊严。”弟弟说这句话在我眼里非常矫情和好笑，可是它的宣战人是正在发脾气的爸爸，爸爸顿时像个漏气的气球，软了。可能是幻觉，那段时间我看到爸爸的左腿仿佛更瘸了。

那个时候，我早已经搬到学校里住了，只是半个月回趟家吃个饭。

我让自己忙碌于学习和兼职，向老师询问所有出国留学的事宜。而就是在每一次回家的时候，目睹了爸爸渐渐堕落的模样。

这次回家他只是喝酒，下次回家他已经开始满脸胡楂地摔着酒瓶，再次回家的时候，爸爸看上去就像是一坨泥浆，可以随便软趴趴地摊在家里的各个角落。

爸爸变得邋遢、大嗓门、执拗还有慵懒。

“有海啸也没问题，会死掉就死掉吧。”这种话还是没有说出口，看着反对我定居海外的爸爸，一番争吵后我把语气冷下来，“我不会死的，爸，你喝多了。”

“你口中喊着爸爸，其实根本是没有感情地叫着吧。比如，像演员叫爸爸。”他一只手撑着脸，肩膀上披着的外套看着快要滑下去，歪歪地斜了一边。他看上去像要睡着了，眼皮疲倦地撑着。

我打了个冷战，压抑住不安的情绪说：“爸，你醉了。”

“要不然我跟你一起去，我要住到马累……”

“说什么话呢……爸……爸爸？”

我端详爸爸，他的嘴巴紧紧地抿着，身上躁动的气息缓慢地冷了下来。他真的闭上眼睛，就那样浅浅地睡着了。

在马累住了一个月后，一个周末的夜晚，外面下起了暴雨。

出门到便利商店买牛奶时，在回家的路上我撞见了一只猫咪。我左手抱着一箱牛奶，站在街道的这边仔细瞧它。它贴在地上，脖颈处正在流血，血的颜色被街道上的雨水冲淡，却更大范围地蔓延开来。我以为它死了，却瞧见它一副认真想要活下去的模样，撑着身板蹭啊蹭的，终于，看见我了。它奄奄一息，冲着我使劲却又微弱地叫着。

“咪咪。”

我面无表情地看着它，迟疑了一下，最后还是把箱子拆开了，再把牛奶一瓶一瓶地摆在地上，走过去抱起那只猫咪，把它放在箱子里。

我抱着箱子来到了布鲁斯先生的宠物店，急切地敲响了他紧闭的店门。最终布鲁斯先生在看完伤势时冲我说了一句话：“估计被碾到脖子了，声带可能受损，以后痊愈了发声会有点奇怪。”

会变声吗？

我看着那只弱小的动物，想着一只小猫咪的叫声如果会变得很粗犷就觉得好笑。

不过，从此我便养了一只流浪猫咪。因为期盼它长得健康，起名叫大胖。

大胖的到来，似乎暂时缓解了我这个单身汉的孤寂。之后的几天，大胖还是暂时安处在宠物店里，我会在下班后去看它。大胖的脖子包扎着消炎药，脑袋被捆着的纱布往上撑得动弹不得，十分好笑。一个星期后，就正式把大胖接回家了。

大胖非常黏人，走进厨房它就会在你的拖鞋旁边蹭，从厕所里打开门会发现它端坐在地上高高地抬着头等你出来，夜晚会趴在我盘着的大腿上睡觉。“大胖你怎么像只缺爱的狗，你不用抓老鼠吗！你是只猫！”大胖只是看我一眼磨磨耳朵，然后又不动了。

一天最开心的时候，莫过于上班前看见大胖趴在窗台上可怜兮兮地凝视着屋子外的你，还有下班打开门时大胖矫健地朝自己跃过来。

“病快点好起来，就能说话了。”既然也渐渐地，像在养一个孩子。

直到过后有一天，隔壁的亚历山大老先生敲响了我的房门。

亚历山大老先生今年七十多岁了，是我的邻居。有过几次交谈，为我送过几份亲自烤就的面包。为人友善，还很喜欢打高尔夫球，看上去是个非常健朗的人。

老先生也是自己一个人住在马累，老伴已经去世，有两个孩子住在其他岛屿上，很少来看望他。于是他也养了一只猫，叫玛丽。今天，他就是为了玛丽来找我的。他说，他的儿子跟女儿因为生意的一些事情吵得不可开交，他得离开马累几天，希望我帮忙照顾玛丽。

“Please take good care of the pet cat for me（请替我好好照顾这只宠物猫）！”临走前，老先生给了我个微笑，嘱咐道。

我接过玛丽，朝他点头称是，大胖马上从屋子里跑过来蹭我的拖鞋。

玛丽是只波斯猫，长得一副女王的样子，非常温文尔雅。我躺在沙发上把玛丽放下来，玛丽与大胖这只流浪猫愣愣地对视着，然后面无表情地走开了。不得不说，玛丽看上去真的非常娇贵，毛发蓬松雪白，眼球里的瞳孔长得漂亮。“看来得好好照顾它，因为是亚历山大的宠物。”我在心里这样想着。

大胖毕竟是自己的猫咪，做错事惩罚它也仍然是一只黏人精。而照顾玛丽真的是心有戚戚然，总害怕照顾不周。“大胖，你是男生。”我摸着它的头，一边把它从睡觉的软毯抱出来，“所以给玛丽住吧。”

大胖被我从它的专属地赶出来，蹲在地上郁闷地看着我。我仔细瞧它才察觉，大胖的伤口似乎就快痊愈了。

可是三天过去了，亚历山大还是没有来接玛丽。到了第四天的时候，马累开始狂风暴雨。这次的天空是彻底地暗下来了，岛上的海风疯狂地卷起来——

2010 年的印尼海啸就是在那个时候来了。

印度尼西亚的明打威群岛附近的海域发生地震再次引起海啸，所幸的是马累所受的影响并不大，只是下了几天的大暴雨。那几天，城市时不时断电，信号出现错乱。

暴雨过后的早晨，街道上散落许多溃败的树枝树叶，有点狼藉。出门准备买点东西的时候，我察看到邻居家阁楼的窗户是开着的，不禁想：“亚历山大回来了？”

我抱着玛丽，走过去敲门，并没有人回应。绕过屋子到厨房的后窗户往里察看，瞬间便瞪大了眼睛，发现老先生倒在了厨房桌子旁边。我使劲拍打窗户，举起地上的盆栽把玻璃砸烂了爬进去。

“Alexander？”我使劲摇晃他，玛丽跳在了他的肚子上。我察觉什么似的突然停下了动作，愣了几秒后，用微颤的手指缓缓地凑近了他的鼻孔处……一股恐惧感像电流般袭击了我的身体，我打着冷战感到前所未有的惊慌。亚历山大死了。

亚历山大为什么就死了！

我几乎要哭出来地拨打了警察局的号码，失魂落魄。待到警察局的检验官们把亚历山大抬出去的时候，我在自家的门口抱着玛丽感到前所未有的无助。亚历山大就这样孤零零地放在一个担架上跟物品一样被搬走了。

在录完口供的路上，丧失气力的我满脑子想起的都是检验官的话。他冷冷地说：“感谢通知，我们已经联系了他的亲属。亚历山大老人已经死去很多天了，心脏病发。”

我的脚步非常沮丧，我感到难受。亚历山大好好的健朗的一个人为什么突然死了，他不是去找家人了吗？玛丽……玛丽怎么办呢？

我莫名地心灰意冷起来，回到家打开门，似乎第一次认真地审视自己的生活。沙发上凌乱地扔满了衣服，餐桌上摊满的餐具还没有清洗，电视里的新闻台还在无声地播报着灾情，茶几上的手机没电几天了都从来没有充电。是这样没目的的，感觉什么都不在乎的生活状态。

可是，是什么时候变成这样的呢？

我把手机插上电，看见玛丽像什么事都没发生地在窝里睡觉，大胖走过来停在我脚边盯着我。我拿着猫粮蹲下去……“会不会跟亚历山大一样呢，没人理睬，死去几天也没人发现——”我喂给大胖猫粮，“孤独死。”

大胖顿了顿，抬起头，痊愈的喉咙发声了。浑重的一声猫叫——

“你。”

“什么？”

“你！”

我的脸刷的红起来，拍打大胖的脑袋：“笨蛋！笨蛋！”

莫名地，就被洪水般的悲伤所笼罩。

就在这个时候，刚充上电的手机突然急躁地响了起来。寂静的房间被瞬间爆发的声音充斥着。我惩罚大胖，收起猫粮，手机刚接通便是压抑的哭腔和劈头盖脸的一顿臭骂：“你还认得我这个爸爸吗你！作孽！我以为你死了！”

“我以为你死了狗崽子！住在什么鬼地方住在什么鬼地方！”

……

话筒里再传来的，是爸爸的哭声。

第一次见到爸爸哭的样子，也是在我五岁的时候吧。

那一年是我人生的分界点，在此之前，我所拥有的世界只是收养院的几面墙还有门前的一条河流。住在一个晦暗的毛坯房里，天花板上有一小块玻璃让阳光照进来，每天睁开眼醒来就盯着头顶的那个方块孔发呆。每天看着其他孩子在院子里的树下玩弹珠，从夏天玩到冬天。院子里不是孩子就是老人，大家只会讲方言不会讲普通话。

收养院的爷爷说，爸爸一眼看上我，这是缘分。哭闹的我不肯跟爸爸走，爸爸拽着我上了车，一路对着鼻涕横流的我说："我是你爸爸哦我是你爸爸。"

爸爸把我从贫瘠的土地带到了一个小城镇，我才知道世界原来还长着另外一张光鲜的脸。街道上的店铺有挂着霓虹的牌子，有人围在水果摊前挑水果，烧烤摊正在冒着烟雾。穿梭在路上的摩托车和自行车朝我们按喇叭，我就躲在爸爸的身后，惊讶地看着那一切。忘记哭了。

爸爸走到哪儿我就跟到哪儿，最后到了家。

开始有人让你坐在桌子前一起吃饭，给我摆筷子。开始有人给我慢慢地洗个干净澡。也开始夹在爸爸和妈妈的中间睡觉，最后在妈妈讲述的童话里睡着。

简单的，其他人都觉得习以为常的这些对待，却是我的新世界。

除夕夜的时候，爸爸带我到街上买气球。就在爸爸付钱的空当，我被人贩子拎着蹿进了人群。后来的记忆是，被警察带回家的时候，看见家里挤满了邻居还有亲戚。在街上跟同伙纠缠的爸爸磕破了脸，被亲戚们围着数落，一脸愧疚得好像写着“我已经努力了”。他憋屈着脸，没有说话，就在见到我的时候，爸爸朝我扑过来紧抱着，在众人面前瞬间哭了起来。

“爸爸以为你丢了！”

我被愣愣地抱在怀里，爸爸的胡楂就贴在我的脸上，耳朵里都是他浑重黏糊的哭腔。

在那以后，就再也没有见爸爸哭过。跟妈妈离婚的时候没有哭，成为瘸子的时候没有哭，直到弟弟死了爸爸还是没有哭。

爸爸只是张着口摸着弟弟的脸，哀号他的名字，一遍又一遍。

那已经是我大一时的事了，就是2004那一年东南亚海啸爆发期间，弟弟从凌晨的网吧里出来遭遇抢劫，被捅死了。或许就是如此，没有联系的两件事情摆在一起，就成了记忆的缺口。爸爸对海啸有阴影，海啸这个词一提起就会顺带想起家人的死。是个永远不会结痂的伤口。

弟弟的出生是家里的惊喜，妈妈终于怀上了孩子并且顺产。从此黏得比爸爸更近的是弟弟了，所有的关注都投在了弟弟身上。起先爸爸跟我说当哥哥要懂事，懂得让好吃的、好玩的给渐渐长大的弟弟，听起来感觉自己也是个英雄，并且非常乐意去疼爱弟弟。后来慢慢听到邻居的同学传出我是被爸爸领养来的，并且接受这个事实之后，一切都不一样了。

爸爸疼爱弟弟的画面全部锁在了我的眼里，每一分一毫都被我捕捉在心底。从此，就不是英雄了，变成被怜悯的丑角——原来不是让自己成为骄傲的小大人，而其实是不被关心。

直到高中时，爸爸变成瘸子，家境不太好那一段时间，我想要报考美术专业，机会却被弟弟就读私立学校的动机霸占了。一心想要走画家路的我因为“美术专业花销太高，弟弟准备上重点私立初中”再次让步，梦想破灭，心灰意冷。

爸爸大概想要顺从弟弟来换回自尊。

“哥哥，学美术没前途的。我以后发财了你给我打工。”已经做出让步后，在房间里弟弟的语气竟还是轻蔑，便第一次跟他打起来。爸爸推开门，弟弟便扯着喉咙喊着“哥哥先打我”，当时气盛的爸爸二话不说手掌便扇在我的脸上。

现在想起来，我拼命赚钱背英语留学，就是为了离开这个家吧。那个时候已经很少能再想起家的温情，离开家的决心已经被爸爸的手掌扇出来了。我不是亲生的，这是最好的理由。

我不喜欢弟弟，也不至于让弟弟在这个世界消失。我赶回来的那晚，爸爸一瘸一瘸地拐到医院，带我去见弟弟。他长期拐着腿，背已经有点驼了，身形枯槁，头发和脸都没有打理干净。我站在他的旁边，他那粗糙的手搭在弟弟的脸上抚摸着，张大着嘴巴，然后哀号他的名字……

爸爸没有哭，可是我却挪到他的身后默默地流了泪。那种血液分离了的感觉就像我离开了这个家，所以我哭，但不能让爸爸知道。

“马累，你是想报复你爸爸吧？”

跟爸爸接通电话后不久，叔叔向我控诉起来：“为什么没有给家里回电话？”

“手机没有电，海啸的地方离这里可远着呀。”

“你根本没有放在心上吧？你爸爸怎么知道离得远不远？他这些天都没有睡觉，抱着电话打了一遍又一遍，没有停下来……我说，马累，你们都缺乏交流，你是不是在报复你爸爸？”

“没有。”我顿了顿。

“你死了你爸爸怎么办？”

“那只是因为……弟弟死了！弟弟死了所以才会把所有的寄托放在我身上，怕老无所依！才会觉得没有我了怎么办！”

我红着脸提高分贝，话筒里却只有叔叔粗重的喘气声，良久，才听见他说：“是这样的想法吗？”

“嗯。”

“不应该吗？我觉得合情合理……”

啪嗒一声，叔叔把电话挂断了。可是不到一分钟，爸爸的电话又打了过来。爸爸说，当时心急如焚，已经买了到马累的机票，退不了了。他想要来看我，如果不能住下来，就当来马累旅游。

就算对于爸爸的到来有点为难，但是想想也好久没有跟爸爸见面了，也就没有再做抵抗。

像爸爸说的一样，就当带他来马累旅游吧。

还记得那一天，我去机场接爸爸，大老远看到他在出检口捣鼓半天，连感应门都不知道怎么出来。

“马累！快来！”他的大嗓门引来众人注视。

“跟进安检一个道理呀！”我语气里有一点指责，帮他拎起包。不料爸爸竟有点神气地拍了拍我的肩膀：“我在飞机里还不会弄前面的那个桌子咧，还好有人帮忙。”

我对爸爸略带炫耀的语气感到诧异，这才仔细地端详起他。深邃的眼睛变得有点浑浊，胡子是剃好来的，可是衣服是他一直压在箱底偶尔出席亲戚活动才会穿的老式中山装，已然非常老旧。人好像矮了点，皮肤黝黑，这样的爸爸在机场里显得非常土气。

爸爸已经老了。这样的想法在心里升起后，陡然用微微变得柔软的眼神看爸爸，用轻松的语气调侃：“爸爸，不会穿点好看的衣服来呀？一起去买吧这几天。”

“衣服能穿就行了。”爸爸看上去很开心，可就在这个时候，他四处张望，拍了下脑袋，“啊，我下车的时候有个小行李被人牵走了！”

我像被打了一记闷棍。

“你怎么这么不走心！”我又不耐烦起来，撇下爸爸去跟警察沟通，最终肯定只能是一场空，“走吧。”我走在前面，爸爸有点委屈地跟着。偶尔回头看见他一拐一拐的模样，只想快点离开。

马累的机场在机场岛，要到马累就得坐船。我带爸爸上了船后，开始扯些家常，可是聊着聊着看见他脸色铁青，接着，爸爸当即呕吐了起来，直接吐在了船上。根本不知道爸爸会晕船，周遭的旅客都在诧异地看着我们。

“你怎么不说！”我咬着牙叹气，慌乱地找塑料袋和纸巾递过去。

“我……我怕你麻烦，以为忍一下就到了，我……”他一边吐一边说着。

“不要说了！”我气急败坏，连忙在外国人的面前把秽物清理干净。

我这才完全地意识到，为什么要同意爸爸来呢。这里是马累，不是中国，爸爸也不会英语，或许很多事情都得一直跟着我——

糟糕透了。

直到进了家门，爸爸好像并不知道自己所带来的麻烦，还有点歪斜地躺在沙发上，对着向我奔跑过来的大胖絮絮叨叨：“干吗养猫？我最讨厌猫了！在老家这种猫很不吉利。”

我没有跟他搭话，以为这样就能结束话题。不料他走去上厕所的空当，经过房间看见玛丽又用大嗓门突然喊了起来：“怎么又有一只！”

或许，跟已经有过几年留学生活的我对比，爸爸跟许多人一样，对国外的环境有着非常严重的不适应。但是，他的这些不习惯何尝不是让我也感到无所适从呢?

爸爸来的第二天晚上就忍不住吵着要喝酒和吃米饭。最后只能带着他去寻找中国餐厅，可是就在点菜的时候，爸爸用出奇嘹亮的声音跟服务员争执，为什么上面的菜比中国贵那么多。“你们外国人真是坑呀!太贵了我们走吧。”我强压住脾气拽了他的手臂，沟通了好久终于把一头雾水的服务员给打发走了。

就在跟服务员飞速地翻译时，我感到前所未有的无奈。

他行走不方便，可是马累的出租车确实是比较少。那个时候的爸爸就无休止地唠叨起来，嘟囔着原来国外都交通不便，国内胳膊一挥什么出租车、摩托车都求着自己上。

一说，就能说上好半天。

他不会英语，可是走到哪儿都充满猎奇心地向我询问:“上面写的是什么?”“这是家什么店?”“这是哪条街?为什么我看地图上面没有标示!”很长一段时间，耳朵被爸爸满满的喋喋不休充斥着。

有时候真的让人哭笑不得，爸爸会在极其普通的大街上拉着陌生人跟他一起合影，感觉跟外国人拍照很稀奇似的。殊不知，或许对于外国人来说，这不是一件有礼貌的事。可是他却跟我胸有成竹地说哪个友好的“黄毛佬”向他比大拇指，在夸我们中国人热情。

他在每个场所都会莫名就突然提高嗓门说话，引来旁人的眼光，这让我感到很不自在。

他在街上走路的时候好像故意把脚步放大似的，让人家都注意到他那条不怎么漂亮的瘸腿，这让我感到很没面子。

他在商场买东西，会一直强求我去跟人家拿赠品，一边说着在老家这样的牙膏都会送杯子，这让我感到心烦。

是这样邋遢更甚、大嗓门更甚、执拗更甚的爸爸。

终于有一次，我们在广场上逛街，爸爸说累了。我好不容易买到了国内的山核桃给他，然后让他在原地等我，我去趟厕所。等到回到广场我就愣住了，爸爸摊着报纸就坐在地上嗑核桃，而且错坐在广场潜在的乞讨区。他懒洋洋地坐在报纸上晒太阳，一边剥壳，瘸着的腿就晾在一边。有个绅士走过去在爸爸跟前放了个硬币之后，我的脸瞬间就腾烧起来……

我沉不住气了，走过去就朝他一声怒吼："你知不知道你这样很丢人！"

"没有椅子坐，我那条腿又不好！"

"不是这个！"

"那又是哪里不对了？"

是的，又是哪里不对呢？我只能无所适从地劝他跟我走，而不是再跟他争执给他灌输他听不懂的狗屁礼节。

"走吧！"我气汹汹地说，走在了前面。

“我想回家了。”

“什么？”我回过头看爸爸，他停在原地，有点无助的样子，手里还拿着给我剥好的山核桃。

这一次，爸爸的嗓门很小。

“我说，我想回家了。”

爸爸临走前的夜晚，马累下雨了。

那晚我下班迟，洗漱完毕就入睡了。爸爸说自己想要喝一点酒，仍在客厅里看电视。马累的海风有时候特别大，睡到半夜的时候，被窗户噼里啪啦的声响吵醒，我起来关窗。当听到房间外啪啪啪的声音时，我疑虑地开门，看到爸爸睡在了厕所门前。

爸爸脸颊红着，估计是喝醉了，堵在了厕所门前。他睡着睡着挪动了身体倒下来，身后依着的门板就被风吹动撞击墙壁，啪啪。“又喝成烂泥了！”我叹口气，到厕所里关上窗户，然后把爸爸背回床上。

第二天，爸爸就回家了。

与爸爸在一起的糟糕旅行也算是结束了。看吧，果然无法适应这样的生活，还是一个人住着好。

我如释重负地回到家，做饭、看电视，然后在夜晚叔叔来电话说，爸爸也平安回国了，他们正在小喝几杯吃着小菜。就在通话的时候，房间里传来尖锐的猫叫声。

我搁下话筒跑到房间里，看见大胖跟玛丽咬起来了，马上把它们扯开。算是打架吗，我把大胖放在跟前，让它蹲着。

“为什么打架！”我细细地盯着它，看见它直勾勾地望着我，隔了很久……突然叫起来：“你！”

大胖的眼神变得锐利起来。

“你！你你你！”

我愣了下。我，我吗？大胖再次叫起来，可是我却傻住了。

我像是被叫醒般才想起来，似乎已经很久没有把注意力放在这只流浪猫身上。除了伤口痊愈，没有长胖，现在还睡在了铁皮上……

“我……跟爸爸一样吗？”我抚摸大胖的头，陷入沉默。

尽管是猫咪，也能懂那种心情吗？但就我自己而言，同样是喜欢着的一只猫咪，只是因为习惯了它所以觉得没有必要再继续关注它，又何尝不是人之常情呢。

我思考良久，想起刚才电话说到一半，这才走过去拿起话筒，不料叔叔还没有把电话挂断。话筒里有着小摩擦的声音，传来的是爸爸的笑声。正准备按断的时候，听到叔叔开口了。

“马累好玩吗？”

“当然，岛名也叫马累，所以一去到岛上就感到特别亲切！”

“马累有带你好好玩吧？”

“对我可好了，带我去好多地方。但是我连窗户的螺旋开口都不会，你知道吗，国外的东西真稀奇！窗户不关，房门就噼啪响，马累当时又在睡觉，简直是太为难人！”

“哈哈，那最后怎么办！”

“怕吵到马累，我堵着房门睡着了！”

“真是𡒄。我说你们干吗不相依为命一起过，马累也是从小性格古怪啊。”

“马累从小乖，从来都不用担心他，只有弟弟让人操透心。话说回来，在国外牵着马累的衣角跟在他后面什么都不用愁地走着，那感觉真棒！”

“……”

我慢慢地放下话筒，然后挂断了电话。

深呼一口气，走到厨房打开冰箱门，拿出一罐可乐，扯开。拉环滑掉了，再扯开，又滑掉了。我使劲用手指勾在拉环上，用尽了力气扯开，想着爸爸最后的那句话，汽水冒出来的瞬间……

便哭出来了。

我知道爸爸说的那种感觉，我记得那种感觉，那年我五岁。

我从收养院被爸爸抱上了卡车准备带回城镇，我一边哭一边晕车呕吐着，爸爸拿纸巾帮我疼惜地擦着脸说“我是你爸爸我是你爸爸”。我只会说方言不会说普通话，一路对着爸爸唧唧歪歪，爸爸耐心地跟我说“那是面包店那是自行车我是爸爸”。我在公共场合突然就大哭起来，引来别人的频频侧目，爸爸使尽全身气力哄我“不哭爸爸给你买甜的吃”。

我到一个新的世界我什么都不会，可是我有耐心的、爱我的爸爸。

无论什么时候，我跟在爸爸的身后，拉着他的衣角，什么都不用想地跟他走。因为爸爸是我的信心。

我记得那种感觉呀。

“……爸！”

打给爸爸的手机接通后，压抑住了哭腔，听爸爸说了声：“喂，马累。”

生活总有让人心灰意冷的时候，让人血液冷却的时候，也总有一些时候身体也会渐渐变暖起来，因为想起家。

“喂？马累？……你在哭？”

一味地认为自己应该被保护被关心的我，总是为所欲为地伤害着自己的家人。却没想过，父母有一天长着长着就长成了孩子。我们是他们的信心。

“过来马累住。”

“啊？”

每个家都有难念的经，但是还好不是等到无法挽救的时候才明白养育之恩不能忘。

“我说，爸爸，过来马累一起住。”

这次轮到我，像找到归属感般，在电话这头号啕大哭起来。

2010 年印尼海啸后，马累岛上的房子都建得更牢固了。为了防止自然灾害袭击，人们在地基时期就给房子加了好多固定材料，使得房子的底部更坚固。

似乎跟人们一样，也懂得了很多事情都要先打好地基，我的房子重新改造装修后，爸爸就正式住了进来，跟我生活在一起。连同我跟爸爸之间的地基。

还是养了两只猫咪，一只叫玛丽，一只叫大胖，都给它们各自安好了舒适柔软的宠物屋。

每天太阳升起会有阳光照进屋子，爸爸会去煮粥，我的面包机会在叮的一声过后弹上来两片面包。

或许有一天，我跟爸爸会搬回到中国，过上曾经熟悉的日子。我会娶个不怎么漂亮的妻子，生个孩子，然后一家人住在一起。

马累的明日在很久很久很久后，还是会消失。

而我的明日呢……

却在眼底一点一点地浮现起来了。

世界上
另一个我

孙梦洁

孙梦洁

上海最世文化发展有限公司签约作者

最好的未来不是想睡的人终究会睡到，而是姑娘们啊，你不知道自己以后能睡多远多不可能

已出版作品：《世界病》《梦想贩卖机》《比梦想更重要的是》

正当我头昏脑涨、无所适从，害怕地看着医生向我伸出的手时，姐姐却漫不经心地侧耳听着门外的雨雪声，缓缓握住我的手说道：“今天的太阳不好。”她望着我的眼睛如翡翠般碧绿，跟我的一模一样。

就在最后几天我们还互相给对方理发，他们很难得答应我们可以在非治疗时段待在一起。我坐在那张半高凳上，脚够不着地面来回晃，就像什么都不曾发生，什么都未将发生似的。

这么多年下来我们也明白，不值得花力气去反抗。受着恨并不可怕，可怕的是又受着爱，我们被困在一池死水里，被逼得死去活来，游不动了。

是这样的，我们本来是这么想。我们不需要跟其他的任何人交流，我们在自己的世界活得很好。一直都是这样。

我们出生在寒冷的春天，刚开春，雪还没有化彻底，一脚踩下去便能浸出浑噩的黑水，混搅着惨淡的雪碎；父亲给我们起名叫：夏春，夏雪。说起来我们并不记得我们的父亲长什么样了，实际上他不过在周岁前和我们生活在一起，更确切地说，他在周岁前和我们待在一起的日子，加起来也不超过一个月。母亲刚出月子，他就又回到了他的工作岗位上，陪着他那帮一起出生入死的兄弟，继续夜以继日地干那些见不得人的勾当。

他留给我们的也不过是这两个不着东西的名字罢了。没有人知道他是死是活。

警察到家里的时候，母亲说她正帮我们其中一个换尿布，她每天上夜班，白天也几乎没有时间睡觉；她请最廉价的保姆，用她少得可怜的薪水——她的父母亲，我们的外婆外公自从她嫁给我们父亲后再也没有跟她产生过任何联系。多明智哪，母亲不止一次在往后的人生中如此感叹，相比之下，自己实在是太蠢太不自量力了。

记忆深处，大概是一直存在着这么一个场景的——街坊邻居们交头接耳议论纷纷，原本并没有这么多人，只是凡人不过如此，喜欢看稀罕的事、悲惨的事、耳鬓厮磨的事、与自己无关的事。一群人黑压压地围在家门口，看着警察叔叔耳目赤红地质问母亲父亲的下落。

而母亲一言不发，只是死拽着抱住我们，生怕被抢走般惶恐地用她本就不长的手臂围住我们。母亲是一个不能再柔弱的纤纤女子，她不善言辞、拘谨、胆小，又容易被欺骗。她不知道父亲去了哪儿，但是她意识到有些事情发生了，生活从那一刻发生了改变。

父亲再也没有出现。

母亲又是一个无比坚强的人。她打无数份散工补贴生活，即使只能满足最基础的温饱，我和姐姐还是长到了五岁，无风少浪，平安也算健康——如果不算到了五岁还没有办法开口说话的话。

若放在其他家庭，或许这会成为一个不得了的大事儿。不过在我们家，这并没有什么。母亲一天三分之二的时间不在家，在家的时间也被下厨家务和接的手工活儿满满占据。从三岁开始，母亲就再也没有请保姆，这或许是双胞胎的唯一一个好处——可以互相照看，她拜托隔壁的奶奶每隔几个小时来确认一下我们完好无损，没有东西被我们打坏，没有两人互相厮打成一团。而实际上，这完全是多虑了，很快老奶奶也发现了这一点，在几次跟我们套近乎想要抱我们，都被我们蹬脚瞪得一包气后，她再也没有来过。而我和姐姐，也从来不会打架，我们从来不会做让母亲伤心的事，因为这个世界上已经有太多事让她失望了。

母亲也曾经为了我们不开口说话带着我们四处奔波，在每次投奔失败后她都会勉强地挤出微笑，轻轻地揉着我们的头，柔声细语地对我们说："没关系的，不会讲话也没有关系，妈妈一辈子照顾你们。"她甚至开始背着我们偷偷买了手语书，又不忍心告诉我们，所以放在了橱柜的最上面一层。

妈妈啊妈妈。我还记得那天姐姐踩着小板凳拽着那个书角，看到那本泪痕斑驳的书的时候，她哭出了声音，好像故意似的，她哭得好大声，好像在说，妈妈啊妈妈。

我们努力想要在她面前多说一些，只要看见她哪怕转瞬即逝的愉悦也格外欣慰。

我和姐姐小时候都是短头发，从小我们就喜欢母亲帮我们理发，母亲说每当这个时候我们都会咿咿呀呀地笑，安静一会儿又互相对视一会儿，然后又能同一时间笑出来。还有画画的时候，因为买不起水彩笔，母亲从工厂里捡来了粉笔头，我和姐姐喜欢安静地坐在地上画地面画墙壁。我已经不记得一开始的时候，我们是真的喜欢画画，还是只是喜欢母亲看着我们画的样子——她的眼泪里含着笑，抿紧的嘴唇颤颤发抖，她蹲下，然后环抱起我们说：“好女儿。”

我们也知道自己是天才。很多人都知道。曾经有一次，我们俩从对面的两头开始画，我们没有交流，至少没有用嘴交流要画些什么，然后一起完成了一幅完整的画——两头准确无误地衔接在了一起，就如同出自一个人之手。他们问我们为什么会知道对方想画什么，我们没有回答。真的没有为什么，只是，只是知道而已。就是知道。

所以，说不说话，好像已经没有这么重要了。毕竟，天才好像都需要有这么一点点缺陷。

何况我们也不是完全不说话。顺利进入小学后，上课还是会回答问题，即使吃力还是会努力跟母亲聊天。我们只是不喜欢说话而已。

如果你的身边有如此一个人，和你如出一辙，如你生命，你不需要多说什么多做什么，她就明白你的意思，那么那些多余的语言，多余的动作和表达，又何必存在呢？

况且，我失去了那些无关紧要的人，都还是可以活得下去的，活得好好的，为什么要跟他们说话呢？

他们或许永远没有办法明白这种感受，但是我知道，姐姐也这么想。

“是你们的父亲吗？”医生说。

他很勇敢，很无畏。比任何一个我们见过的人都处变不惊。姐姐试图用桌上的笔刺自己的手掌被他一手挡住，他眼睛都没有眨一眨，继续问我们："是因为你们的父亲吗？"

姐姐咯吱地紧了紧拳头。

这个问题我们被迫回答过无数遍。大家都知道答案，却还是要再问一遍。他们大概是觉得在我和姐姐心上剐一刀异常有趣。

记得小学的时候，隔壁班的几个胖子总喜欢在课间蹿到我们班门口，用精心准备的小石子打我们，或者趁我们不备剪掉我们的辫子。同班同学不会帮我们，偶尔有几个阻止他们的也不是因为我们，只是为了班级秩序。或许我们应该表示感谢，因为他们从不嘲笑我们，只是把我们当作空气一般。可那几个胖子却没有这么容易罢休。

学校离家有一段距离，姐姐和我本来需要走四十多分钟才能到学校，我们拜托母亲帮我们找一辆自行车，那可能是唯一一次我们像正常孩子一样向父母提出要求。意料之中，母亲很为难地顿了好久，但最后她还是放下手里的活儿，擦擦手抹干净脸，俯下身来笑着对我们说："我知道了，我会想办法。"

她眼神变得越来越深邃，她笑着抱住我们。这就是我们的母亲。她好不容易省吃俭用买了一辆二手的自行车，我和姐姐轮流骑载着对方去学校，那段时间是我们少有的纯真年代——而这唯一美好的回忆，却被那些胖子给毁了。

我和姐姐商量了无数次放学后跟他们打一架，规划、踩点、演练，可我们心里也清楚，自己是万万不敢，也是肯定打不过的。所以那天胖子们拦住我们，我俩心里盘算的是如何从容脱逃。就当我们正准备低下头一溜烟儿跑掉的时候，站在最前面的小胖子过来拎起了我的后领，突然腾空的不安让我不自觉地扑腾脚，姐姐吓到了，顿了顿后一下子尖叫了出来，其他几个人慌忙拉住她堵住她的嘴。

“叫什么叫，是想跟那辆破自行车一个下场吗?！”他凶狠地盯着我说。

自行车。我恐惧地看向他的眼睛，勾起了不好的回忆。

我们的自行车在某天放学的时候，被好多人围观着发现躺在学校操场的沙坑里，它的轮胎被小刀划得体无完肤，灌进了满满的沙子，钢圈里的钢丝一根不剩，漆被刮得所剩无几。

这个样子完全没有办法骑回家。那天和姐姐在外面晃悠了好久，也商量不出个结果来。回到家想撒谎说自行车找不到了先瞒天过海，却被母亲的反应惊到了。

她的眼睛一刹那红了。她双手紧握，手指上因为做太多份工而久久没办法褪去的刮痕历历在目。她哭着打我们，嘴里还嘟囔着：“你们怎么这么坏，怎么这么坏。为什么要这么对我。”

打了好久母亲才慢慢停下手来，瘦弱的身体缩到了墙面靠着，转身专心哭着再不理我们。

姐姐跟着哭了起来。我也没有忍住眼泪。

妈妈花掉了准备用来过年的钱，准备给我们买新衣服的钱，换来这辆自行车。而她自己，自从父亲失踪后从来也没有为她自己买过什么。

这一切的一切，都是眼前这些恶魔造成的。

我看了姐姐一眼，她终于停下了挣扎不再尖叫。我转回头看着那个胖子，猛地一下狠狠地踢向他的裤裆。我们穿着被母亲洗得略微发白的裙子，也顾不得屁股被摔在地上哐的一声，像机器人一般，被打倒再爬起来，被击垮再爬起来。

我们浑身是抓痕和血渍地回到家，裙子上也满是褶皱和伤。不过还好，我们没有输。

母亲哭着为我们擦紫药水，一边骂着拭眼泪："为什么要打架呢，怎么会这样。"

我们沉默不语。

"为什么总是不说话呢，你们不说话，妈妈怎么知道你们在想什么呢？"

姐姐微微歪过头看我，我抓住了她的手。

我说："他们说爸爸是小偷，是抢劫犯，说爸爸是罪犯。"

母亲一愣，空气里弥漫开黏稠的血腥味和泪咸味。

人生这么苦，为什么还要活着呢？

母亲又哭了起来。她撒下手里的东西，冲到房间不顾一切地闷着被子号哭起来。

世界上坏人这么多，为什么我们还要做好人呢？

姐姐声音微小地安慰道："妈妈不要哭。"但是她离得太远，母亲完全听不见。姐姐继续说，“不要哭了，我们报仇了，我把大胖子肚子上的肉咬下来了。”她松开紧紧攥住的双手，一团血肉模糊。

大概的确是因为父亲吧，我们才会变成这样的人。

你应该很容易想象这样一个人：贪欢纵欲，硬冷决绝，如孤轮行驶在偏离的航道上，希望吸引救援的目光，于是放了一把火，把自己烧得精光。

不止一次猜想为何父亲会如此沉溺于偷盗，母亲跟我们提过，他是家里十个小孩里最小的儿子，早上放出家门养，晚上不回家爷爷奶奶也不会发现。他像是寄养在家里的一只猫，而他竭尽一生想做的，不过是证明自己，证明自己的存在，不管是以积极还是悲惨的方式。

于是我们也将会长成这样的人。不管是我们还是母亲，心里都清楚。缄默少言、固执、神经质。我们跟他太像了。

渐渐我们觉得，或许又不是因为他，只是因为我们自己。我和姐姐两个在一起做任何事都顺畅无误，了然于心。而试图跟别人交流的时候就无比吃力费劲，有时候我会忍无可忍，别人听不懂我的意思就急得跳脚扔东西。

实在太累了。

六岁的时候便利店的阿姨给了我们一包彩虹糖。姐姐和我特别喜欢吃彩虹糖，于是后来经常去店里讨着要，有时候那个阿姨不在，我们就自己拿，没有人阻止我们。后来不知为何母亲再也不让我们去那家便利店了，这并没有什么，其他超市也有彩虹糖。

超市有太多易藏的巧克力，买不起的肉和零食，灵巧精细的各类小东西，包括母亲每次看见就愁容满面的那些化妆品。我和姐姐商量母亲四十岁生日的时候送她一支口红。我们没有钱，但我们想看见母亲笑。

那是一只酡红色的口红。相比之下，母亲拿到它时哭红的眼睛更娇艳欲滴。我和姐姐抿着嘴尽量让自己不颤抖地看着母亲，大概父亲也是一样的，他和我们一样，只是想看眼前这个女人笑一笑。

母亲的两鬓已经不少白发，她的手粗糙得不像少妇，皮肤也黑了很多。她从一个美丽的女人变成愁肠百结地度日的妇女。尽管如此，她还是一看见我们就会笑，笑着夸我们越长越好看，笑着夸我们画画进步，把最好的给我们，不好的都自己承受。

眼前这个人，是我们生命中最重要的人。

就只是那一刻，贫穷和美丽变得一样肃杀悲壮，如同我们的成年礼般。

我们的无言没有让这个心理医生不耐烦。他摇了摇头，对后面的人说："照旧，关进两个房间。"

他说得很轻，尽量压低了声音，但是我的听力非常好。他的头微微偏向我："这个还好，另外一个反社会情绪太强烈了，你们注意一下。"

我们没有闹，但是我害怕姐姐会伤害她自己。

房间是纯白色的，只有简单的卫浴和床铺，所有的器具都安全柔软。我盘腿坐在床上，靠着墙壁那块姐姐也靠着的地方，渐渐地睡了过去。

梦里是我们小时候，那次我们发烧，一个在家里，一个被暂时托付在了阿姨家。是我开始呕吐的，然后是拉肚子，全身哆嗦发抖。紧接着母亲就接到了阿姨的电话，说姐姐快病过去了，不行了。妈妈急急忙忙把我绑在自行车后座，去阿姨家接姐姐，把姐姐放在自行车前杠上绑在她自己身上，艰难地送到了急诊室。

母亲急促强盛的心跳声，姐姐微弱的呼吸和颤抖，皆鞭挞着漫天倾泻的暴雪。

没错，这个世界上，并没有这么多至关重要的人。我们拥有彼此也就足够了。就如此刻我躺在床上，可以感受到姐姐的彷徨和害怕，但是我们还是可以安然睡熟。我们都清楚不过是一堵墙，没有办法隔开我们。

这并不是我们最远的距离。不知道到底是为了惩罚我们还是为我们治病，我们在这个医院待了快一年，他们曾经想过无数不一样的办法把我们隔开，近到相邻的两个房间，远到医院的 A 区和 F 区，连吃饭都没办法一个点吃饭。只因为医生说了一句话，他说：“她们两个不可以在一起。”

但是完全没有什么用。虽然看不到姐姐，但是我可以感受到她，在不远的地方。看不到对方后，我们并没有妥协于和其他人交流，这样他们反而会觉得他们的办法很有成效，更不会让我们见面，所以我们干脆闭上嘴，看不到对方的时候再也不说话。

高中的时候，姐姐和我陆陆续续得了不少国际性油画比赛的奖项和画展的机会。我们的油画特别出彩，我们深爱松节油充斥着我们的生活，刮板、颜料、画笔，这些没有感情完全由我们掌控的东西简直棒极了。自从初中收到第一份阿姨送来的油画礼物起，我们的人生就没办法跳脱开它的轨迹了。

我们从来不会画人物，除了我们的母亲，我们甚至不画自己。姐姐和我合作的一幅母亲画像获得了日本的特别奖，因为不爱出门我们抗拒了很久，最终还是不得不去日本一趟。日本的所有我们都很喜欢，大家都知道我们是中国人，知道我们听不懂，也不会强迫我们去懂什么，总会友好地对我们弯腰微笑。我们很喜欢这里，除了这里的超市。

主办方负责人把我们从日本警察局带出来的时候，始终以为我们只是中国和日本的一些制度不一样，或者我们没有带日元、不熟悉日本社会，等等。他可爱地为我们找了很多他深信不疑的理由，也许是看多了奇奇怪怪的艺术家的原因，见我们不爱交谈他也并不稀奇。

那是我们第一次被抓。

我们只是各自藏了小小的一盒薄荷糖，放在了衣服袖子的夹层中。可出门的时候警铃还是不负厚望地响了，店员有礼貌地问我们是不是还有没有结算的东西。我们支支吾吾地也不明白他在说什么，店长就没有这么友好了，他几乎是冲过来一般要搜我们的身。

往常总是这样的，谨慎的话我们只有一个人行动，穿一样的衣服，动手的时候快速又不留痕迹，低着头绝不会留脸给镜头，东西就放在口袋里；如果出了状况要求调录像，工作人员会发现我从没有接近过那个地方。而那一次，我们都没有想太多，那一天过得舒畅到有些自在得意，所以我们只是下意识地习惯性拿走，并没有考虑太多——只是一包糖而已。

可是那种感觉真的不好受，不管那是一包糖，还是其他贵重的东西。他们就这么鄙夷地看着我们，像看待怪物一样。一瞬间，脑子里只有嗡嗡的声音，所有声音都加了千里之外的厚重隔音，像是从水上传来的。姐姐说了好几次跑，我没有听见，她只好紧紧攥住我的手，一路上都是。

我没有办法放开这双手。我想我一辈子都不想放开它。不管是好事还是坏事，姐姐和我，总是一起做，一起承担。她爱板着脸，我知道她不是故意的，她会这么跟我说："我们要一直一直在一起。"她说了出来，没错她是用语言说出来的，她这么认真。除了母亲和画画，这个世界上或许也没有其他可以让我们牵挂的东西了。

我们都明白，如果安顿好母亲，也完成了差不多的油画梦想，我们随时可以牵手赴死。

“你们有多久没有画画了？”心理医生问。一大早，他就又把我们两个重新抓到他的办公室审问起来。

“自从来这儿以后就没有画了。”我微弱地回答。

大家都清楚我们每天吃的药是什么。抑制我们伤害的冲动，伤害别人伤害自己的冲动。抑制我们自由的思想、不羁的灵魂。抑制我们人生的可能性，即便除了我们两个以外，大家都觉得他们在抑制惨剧。

我想念松节油的味道，想念满手尖沾满了不同颜色的油画颜料，想念我的家，想念我的妈妈。

“你们的妈妈就在门外。”医生突然说。他的表情肃穆而庄重，眼神死死地盯住我们的表情。

不出意料地我们在玻璃门上看见了母亲瘦弱畏缩的身影。可以隐约听见门外的警察劝说母亲进来，可母亲却推搡着拒绝，甚至后退想要逃开。

她说不要，不要了。

我回头看见姐姐的失落焦急的眼神，像那雪中旺盛的火源。

那天晚上的火太大了。大到现在想起来还会热出细密的汗，手心脚底却冷到彻底。家楼底下的雪全被大火烤热融化了——那是两步之遥的小区保安室。是我准备的汽油，大多是食用油，但事实证明一样有效；姐姐准备的易燃品，她还把我们失败的油画一起扔了进去。

我们一起趁那个逼我们叫他陈叔叔的保安睡熟的时候撒上了汽油，

铺满布料油画，点了火柴。我们从外面把门闩住了，闩得死死的，然后躲得远远的。我们并没有想要杀死他，只是想警告他一下，他也如愿逃了出来，只是全身重度烧伤。

那天晚上的黑夜亮得离奇，被火烤红的夜也冒着腾腾热气。

冬天要过去了，春天要来了。我们也不自觉地开心起来。

姐姐哭着趴在我身上，她哭个不停。我知道她不理解，为什么母亲会这么害怕地看着我们。陈叔叔不止一次找借口上我们家，对母亲动手动脚，母亲胆小又懦弱只能吃哑巴亏。

一次次愈演愈烈。

我们做错了什么？不过是保护想要保护的人。

但是我们始终是怪人。我们的确是怪人。姐姐哭着说我们长成了让母亲都害怕的人，她没有办法忘记母亲叫来警察，一边不舍地握住我的手说，你们要互相照顾，又匆忙放开手撇过头去呜咽的场景。母亲想看我们，多看我们几眼，却又忍住了。

她害怕我们，我很早便发觉了。姐姐说着，她几乎哭岔气过去，这是我第一次见她这样，我的眼泪也没有断过。

在第一次发现我们自己从楼梯上滚下去，然后诬陷同学的时候；在第一次从老师那儿偷来手机给母亲用的时候；在我们俩人一起画出第一张母亲的画像的时候。她的眼神里都有那种不可避免的恐惧感。

我猛摇头，摇得头快掉下来一样，母亲只是不希望再这样下去。她知道我们需要改变，必须要改变。她也不舍得，但是她是世界上唯一希望我们能好的人。她希望我们好。

不要怪她。

并不怪她。

“你们知道，这是为什么吗？”心理医生问。他摆出一副了然于心的表情，让人很讨厌。

姐姐还是抬起了头看着他，我们都在等着他说下去。

“你们知道为什么，你们会这么活着吗？”

因为我们只能这么活着。我们心想。

他说：“并不是因为你们只能这么活着，而是你们选择了这么活着。你们来这里已经有近一年了，不管用什么样的办法，都没有办法撬开你们的嘴，让你们对别人说任何一句话。不管怎么隔开你们，住在隔壁，或者住两栋楼，你们永远都朝着对方的方向睡。让你们几天不见面也没有用，你们知道对方在哪里，你们一点都不急。其实你们也知道，该怎么办。要怎样才能成为一个正常的人，你们心里都清楚要怎么办。”

他看着我们，像是看进了我们的灵魂。

我和姐姐没有对望，她紧紧抓住了我的手。

我们当然知道。我们心里清楚得很。近半年来，我们开始慢慢认识到这个局面要怎么打破：我们其中有一个人必须先死。在我们选择对方的那一刻，就意味着我们放弃了和这个世界正常的相处。我们之中，必须有个人死去，另一个人才能同正常人那般，不得不融入社会，不得不对其他人张开嘴。

我们都清楚，只是或许这并不是眼前这个医生以为的我们清楚的方法。

“可是你们还有不知道的。”心理医生继续说，“你们的母亲，你们那个无辜的母亲正在等着你们，这个世界也在等着你们。你们自己不走出那一步，你们可怜的母亲要怎么办呢？”

我们愣了一愣。只是四分之一秒。

妈妈啊妈妈，我们可怜的母亲。

没错，我们的世界并不是只有姐姐和我。不管其他人多么无关紧要，可是那个女人比谁都重要。

姐姐望向我。她在说：“我们那个苦痛了半辈子的母亲该怎么办呢？”

我回握住姐姐的手。我知道，我知道了。她的大眼睛烧着光，像是在煮着一锅岩浆，随时都会溢出来。我亲爱的姐姐，她这么美，虽然跟我相差无几，眉眼还是比我更媚些，嘴角还是更多情一些。本想这辈子就与她相依相守，我更擅长调色，她更擅长画形，我们可以在一起画一辈子。可这辈子，大概也只能有目前为止这么长了。

没事的。我安慰她，互相鼓励好好治病，虽然没有明显成效，可医院竟然同意了我们的离院治疗申请。

在医院的最后一段时间里我请求了一个非治疗时段跟姐姐见面，小时候母亲帮我们理发，现在我们互相给对方理。那天的太阳很好，我想着姐姐要是能在那样的阳光下画画，母亲笑着陪在旁边，那是多好的一幅景致。

我坐在那张半高凳上，脚够不着地面来回晃，脖子也有些闪躲。

姐姐皱着眉，她说妹妹不要怕不要怕。她握着剪刀的手颤抖得厉害。

嗯，姐姐我不怕，生命的每一刻都有你有我，但不管对你还是对我来说，都永远有一个更重要的人需要我们守护。既然没有办法拯救，只愿下辈子，用尽这次没有的猛烈的温柔和爱去生活。

姐姐我知道，我知道。失去世界上另一个自己，并不好受。

【夏春和夏雪被医院释放那天，刚出医院不到几个小时，夏雪就突然中风死亡。

谁都不知道，为何二十四岁的年轻姑娘会中风。

从那以后，夏春开始学习如何和其他人交流，继续她的油画事业，和母亲一起搬到了新家，在她剩余的人生中她反复不断地画着自画像。只有少数人知道，真正画的是谁。

夏春回忆说，她们两个人并没有商量，该是谁去承担这件事。夏雪曾经跟医生承认她们的这个必须有一个人离开的想法，而大家本都以为会是夏春。】

“你真的舍得？”医生在前一晚问我。

我摇了摇头，又继续收拾东西。很久以后，我对身后一直在房间默默看着我的医生说：“我不舍得。”但是这或许是最好的办法，离开这个地方，离开她和母亲。这件事情姐姐没办法做，她狠不下心，所以只能我来做。

因为——我的姐姐很爱我，很呵护我，从小跟我在一起，不容我受伤，什么都替我做。她很爱很爱我。

但——我更爱她。她就是世界上另一个我，她也会替我好好活在母亲身边，我们有一个存在就足够了。

医生叹了一口气说：“你的母亲肯定很伤心，知道你还活着又没有办法去见你。”

我笑了笑，但她至少会有一个正常的女儿爱她，被她爱。而我希望，那个人是姐姐。

把孤单岁月分享

ZUI Book
CAST

主编　郭敬明

出 品 人 \ 郭敬明
项目总监 \ 痕痕
监　　制 \ 与其　刘霁
特约策划 \ 卡卡　董鑫
特约编辑 \ 小河　周子琦

装帧设计 \ ZUI Factor (zui@zuifactor.com)
封面设计 \ 胡小西
封面插图 \ 熊小熊
内文插画 \ 夏无觞　熊小熊　胡小西　maichao　年年

出品 \ 上海最世文化发展有限公司
官方网站 \ www.zuibook.com
平台支持 \ 最小说 ZUI Factor

图书在版编目（CIP）数据

把孤单岁月分享 / 郭敬明主编 . — 长沙 ： 湖南文艺出版社，2017.1
ISBN 978-7-5404-7680-9

Ⅰ . ①把… Ⅱ . ①郭… Ⅲ . ①短篇小说 — 作品集 — 中国 — 当代 Ⅳ . ① I247.7

中国版本图书馆 CIP 数据核字（2016）第 155539 号

上架建议：青春 | 畅销

BA GUDAN SUIYUE FENXIANG
把孤单岁月分享

主　　编：郭敬明
出 版 人：曾赛丰
出 品 人：郭敬明
项目总监：痕　痕
责任编辑：薛　健　刘诗哲
监　　制：与　其　刘　霁
特约策划：卡　卡　董　鑫
特约编辑：小　河　周子琦
营销编辑：杨　帆　周怡文
装帧设计：ZUI Factor (zui@zuifactor.com)
封面设计：胡小西
版式设计：利　锐
封面插图：熊小熊
内文插画：夏无觞　熊小熊　胡小西　maichao　年　年

出版发行：湖南文艺出版社
（长沙市雨花区东二环一段508 号　邮编：410014）
网　　址：www.hnwy.net
印　　刷：北京嘉业印刷厂
经　　销：新华书店
开　　本：880mm × 1270mm　1/32
字　　数：165 千字
印　　张：8.5
版　　次：2017 年 1 月第 1 版
印　　次：2017 年 1 月第 1 次印刷
书　　号：ISBN 978-7-5404-7680-9
定　　价：32.80 元

质量监督电话：010-59096394
团购电话：010-59320018